寓言与迷宫

庄晓明——著

中国书籍出版社
China Book Press

图书在版编目（CIP）数据

寓言与迷宫 / 庄晓明著. —北京：中国书籍出版社，2018.10
ISBN 978-7-5068-7017-7

Ⅰ.①寓… Ⅱ.①庄… Ⅲ.①小说集—中国—当代
Ⅳ.①I247

中国版本图书馆 CIP 数据核字 (2018) 第 222639 号

寓言与迷宫

庄晓明　著

图书策划	牛　超　崔付建
责任编辑	张　娟　成晓春
责任印制	孙马飞　马　芝
出版发行	中国书籍出版社
地　　址	北京市丰台区三路居路 97 号（邮编：100073）
电　　话	（010）52257143（总编室）　（010）52257140（发行部）
电子邮箱	eo@chinabp.com.cn
经　　销	全国新华书店
印　　刷	三河市华东印刷有限公司
开　　本	650 毫米 × 940 毫米　1/16
字　　数	281 千字
印　　张	21.5
版　　次	2019 年 1 月第 1 版　　2019 年 1 月第 1 次印刷
书　　号	ISBN 978-7-5068-7017-7
定　　价	65.00 元

版权所有　翻印必究

目录

第一辑　浮世篇

经销商　/ 002

推销员L　/ 014

阿　宝　/ 028

小　莫　/ 042

小　潘　/ 056

第二辑　讽喻篇

采　薇　/ 068

樵　夫　/ 074

吕尚垂钓　/ 078

彭　祖　／ 081

奔　月　／ 085

补　天　／ 090

钻木取火　／ 095

第三辑　新寓言

空中楼阁　／ 100

中天台　／ 103

长绳系日　／ 105

开天辟地　／ 109

桃花源　／ 112

诗人的园林　／ 114

痴人说梦　／ 116

瓮里醢鸡　／ 119

庄周与髑髅　／ 122

三只虱子　／ 124

渔夫与魔鬼　／ 126

空中之网　／ 129

对牛弹琴　／ 131

披着狼皮的羊　／ 133

蜗牛与它的大海　／ 135

狐假虎威 / 136

宋人疑盗 / 138

九方皋相马 / 140

隐身草 / 142

滥竽充数 / 144

焦山穿石 / 146

匠石运斤 / 148

面　壁 / 150

望梅止渴 / 153

神　龟 / 156

昭文弹琴 / 158

畏　影 / 160

恶　迹 / 161

捕　风 / 163

捉　影 / 165

侠　客 / 167

魔　画 / 169

隐　居 / 171

探　位 / 173

奴　仆 / 175

鹏程万里 / 177

川壅必溃 / 179

夜以继日 / 181

锲而不舍 / 183

黄帝访贤 / 185

缘木求鱼 / 189

结绳记事 / 192

屠夫的行为艺术 / 195

凿壁偷光 / 198

披星戴月 / 201

纸上谈兵 / 204

古　尸 / 208

烂柯人 / 211

抉　择 / 213

第四辑　新世说

勇　士 / 218

雨中人 / 219

陷　阱 / 220

树与影子 / 221

富　人 / 223

惠施的鱼儿 / 224

长竿入城 / 225

半途而废　/　227

杞人忧天　/　229

朝生暮死　/　230

治疗死亡　/　231

涸泽之蛇　/　233

塞翁失马　/　234

蛇与草绳　/　235

刻舟求剑　/　236

掩耳盗铃　/　237

叶公好龙　/　238

螳螂捕蝉　黄雀在后　/　239

郑人买履　/　240

纪昌射箭　/　241

庖丁解牛　/　242

庄周之辩　/　243

唇亡齿寒　/　244

多歧亡羊　/　245

日　喻　/　246

惊弓之鸟　/　247

涸辙之鲋　/　248

井底之蛙　/　250

螳臂挡车　/　251

黄雀与大鹏 / 252

鹬蚌相争 渔翁得利 / 253

南辕北辙 / 254

楚弓楚得 / 256

望洋兴叹 / 257

吕梁丈夫 / 258

不死之药 / 259

黄粱一梦 / 260

精卫衔木 / 261

愚公移山 / 262

自相矛盾 / 263

仓颉造字 / 264

山鸡舞镜 / 265

一目之罗 / 266

网开三面 / 267

嫦　娥 / 268

楚人献雉 / 269

宋人雕叶 / 271

齐桓公好服紫 / 272

肉食者 / 273

鲍氏之子 / 274

田夫献曝 / 275

庄生梦蝶 / 276

画饼充饥 / 277

屠门大嚼 / 278

买椟还珠 / 279

东施效颦 / 280

多言何益 / 281

镜　工 / 282

照镜子 / 283

长夜之饮 / 285

秦失吊丧 / 286

无用之用 / 288

无的放矢 / 290

得鱼忘筌 / 292

飞蛾扑火 / 293

飞鸿踏雪 / 295

中山狼 / 297

高山流水 / 298

雪夜访戴 / 300

刘晨阮肇 / 302

谈　生 / 304

休戚相关 / 307

愚人失袋 / 309

涉海凿河 / 311

永　恒 / 313

边　缘 / 315

一条想搬迁的路 / 316

一条想搬迁的河 / 317

最后一粒萤火 / 319

一片羽毛 / 320

投　篮 / 321

战士　苍蝇　批评家 / 322

轮　回 / 324

无限的人 / 326

坐　标 / 328

闻一知十 / 329

敞　亮 / 331

圈　子 / 333

第一辑 浮世篇

经销商

这天上午,我接到一个电话,河南口音的普通话,说他正在广州开一个全国涂料展销会,偶然看到我的广告,正是他想找的产品。我详细地告诉了他如何换乘到公司的长途汽车,而他在南京禄口机场一下机,就直接打了一辆出租车过来了。他是一个清瘦如江浙人的中年人,一身浅咖啡色的鳄鱼牌,衣襟敞开,颇有一番公子哥儿派头。他的胳膊上还勾着一位娇艳的年轻女人,显然与他不是一个年龄档次的。

我热情地把他们引进办公室。"我姓李。"他拉开小黑包,递上一张烫金的名片,头衔"中原工贸有限公司总经理"。"认识李总,不胜荣幸!"我忙回上我的名片,出于礼貌,也给他身边的女人递了一张。

寓言与迷宫

"这是我夫人,这次顺便随我出来玩一圈。"

"李总好福气!好福气!"

他们二人相视一笑,脸上不无得意之色。

天南海北地闲聊了一会儿后,转入正题。我把李总领到样品室,他把玩着射灯,照射着各种颜色的反光漆样品,显得很欣喜。待我向他详细讲解这种新型产品的技术指标及优缺点时,他似乎很不耐烦,估计也没听进去。"你的产品经销我做定了,中原地区我全包。过两天,我派人过来先提一批货。"签好合同后,李总带着他的年轻夫人游扬州瘦西湖,一再谢绝我们的相陪。我想想也是,何必破坏人家的浪漫情调。二人尽兴了一番回郑州时,我叫司机小孙开公司小车把他们送到南京的机场。李总一下小车,就从小黑包里掏出五百元,甩给小孙,作为小费。"李总够大手笔的!"小孙回来后,不住地赞叹。

李总回去后没两天,他的油漆店副手王经理就提货来了,乘的是郑州到扬州的长途大巴。王经理一副敦实的中原人的样子,敞着个被晒得焦黄的大脑门,却眯着一双精明的小生意人的眼睛。他开口前先嘿嘿一笑,河南口音特重,有着一种牛皮糖的韧劲。他把我与李总一口谈定的价格,软磨硬泡地一点点往下压,直至压低的价格使我虎了脸。与李总的大派不同,王经理不但详细地了解了反光漆的各种性能指标,还亲自操作了一番,观察效果,然后拍拍大脑门:"这玩意儿可麻烦呢!"备好货后,我动员他在扬州玩一下,他嘿嘿一笑:"没啥意思!"就乘坐当日下午返回郑州的长途大巴,把货一并带走了。

陪王经理吃午饭时，我大略了解了一些李总的背景：三年前，他是河南一家大公司驻深圳办事处的副主任，期间，认识了现在的二老婆，当时深圳的一位名模。眼见得流水似的花费就要中断，便铤而走险做起了走私汽车生意，把一辆辆高档轿车倒腾到西北出手，从而财源滚滚。谁知开心了没两年，东窗事发，被抓了起来，出狱回郑州后，他办了这么个中原工贸有限公司，开始时主要经营油漆，近年，精力充沛的李总又投入了面粉事业，把那些濒临倒闭或经营不善的国营面粉厂三文不值两文地收购过来，再重新包装上市。"嘿嘿！李总是个能人呢！"王经理叹服道。

第一批反光漆进回去后，王经理把其中的大部分再分送给下面的经销商，并在郑州市区的一条主要大道上树起了一块醒目的广告牌。然而，几个月下来，销售情况并不理想，王经理穿梭于各地，忙于指导操作，焦头烂额。这种情况早在我的预料之中，自己的产品心知肚明，从北京某著名大学的教授那儿购买的这项反光漆技术，当时根本就不成熟，刷上底漆后，要趁底漆未干，立即将一种面粉样的反光体布撒上去并粘附住，这样的要求在许多场合根本就无法操作。王经理把情况反应给李总，李总哪儿有心境听这些琐碎的东西，不耐烦地挥挥手："与庄总一起想办法呗！"便搂着太太的柳腰，赶赴那些没有尽头的宴会去了。王经理转过头来逼我想办法：把反光体先放在一片纸上，再憋足气用嘴吹到底漆上；把反光体放置到油漆喷枪壶里，借用气压喷出去；还曾设想请人发明一种小风枪，借风把反光体均匀地鼓吹出去……然而，我与王经理绞尽了脑汁，也没弄出一种通用的方法。

转眼半年时间过去了，反光漆销售还是没能上去，李总发脾气了："怎么回事？你还能不能干下去？"

王经理嗫嚅着："那漆根本就不行。"

"怎么不行，就凭反光漆这三字，也能大赚它一笔。"李总叫王经理拿来一桶漆，"什么，就这土老帽包装，哪能赚钱？"李总一手举着漆桶，一手搂着漂亮的太太，高声叫道："包装得漂亮，狗屎都能卖掉！告诉庄总，要包装得像进口产品一样，中国那么大地方，就是一家骗一次，也赚海了。"

于是，王经理又火速打电话给我，要我尽快更换产品包装，越洋气越好，哪怕别人看不懂。我请J市最好的广告公司设计了两张包装样片，寄给郑州。李总一看，就把样片扔了："什么玩意儿，像包装青霉素的。"这评价我至今认同。性急的李总干脆不要我设计了，请了他深圳的朋友，没一个星期，就叫我去郑州取印刷胶片。

我乘火车到郑州时，快上午十一点。在出站口的相约处等了十几分钟，李总开着他的"宝马"轿车来了，手臂老远就伸出车窗招呼。我刚坐稳，他就歉意道："奶奶的！一个朋友输了牌不服，一直缠到现在。昨晚到现在还没合眼哩！"我关切道："那你开车可要小心！"李总咧嘴一笑："没关系！这是常事儿。"已近中午时间，路上车多人多，李总开得很不耐烦，不住地按着喇叭。到了一个路口，红灯刚好亮起，李总骂了一句"奶奶的"，就纵"宝马"冲了过去。

"宝马"冲到中原大酒店门前停下，李总引着我穿过金碧辉煌的廊道与不断的旗袍微笑，进了一豪华包间。休闲的沙发上，坐了几位黑着眼圈的男人和几位艳丽的小姐，见我们到了，便喧呼入席，男士各挽一个小姐，李总也给我身边配了一位。

"这是扬州的庄总！"李总介绍了我之后，再一一介绍他的朋友，不是某局长的公子，就是某行长的内弟。

宴席已酣，仍不见王经理，我便问李总。"到商丘送货去了，也该回来了。"李总白净的脸上已泛出红光，"别管他，你吃好喝好。"很快，李总与他的朋友进入对刚刚过去的牌局的探讨，我不便插话，便专心吃菜。贴着我身子的小姐，不时做娇柔状给我搛菜，自己的嘴巴也在不停地蠕动。酒宴快结束的时候，王经理回来了，他冲着我嘿嘿一笑，向服务小姐要了一碗饭，把两盘没吃完的菜往碗里一倒，坐到一边的小桌上便呼啦呼啦地吃了起来。

"下午，庄总就交给你了。待会儿我要睡觉。"李总又转向我，"包装设计得很漂亮，不要再印纸贴，直接印铁，我包销。"

李总和他的朋友们去休闲中心后，王经理开着他的客货两用小面包车把我带到中原工贸油漆店，门面布置得很豪华，国内的大多品牌漆在这儿都有位置，一排一排的，像个大超市似的。王经理介绍道："我们在郊区还有一特大库房，各大油漆厂争着送货，都是待销，就这还争得不亦乐乎。你那儿都是带钱提货，李总对你很够意思的。"

"是的！是的！"其实我心里有数，如果不是特色新品，哪儿有这个待遇。

"这是给你的反光漆设计。"王经理从他的办公桌抽屉取出印刷的胶片。我看了一下印出的样片，确实好，黑色的背景上，主体图案是一个飞碟模样旋转的绿色发光体，所有中文皆有英文相配。直到21世纪的今天，我的反光漆已更新了几代，都仍沿用着这个设计，只是去掉了郑州中原工贸有限公司总经销的字样。

尽管漆还是那漆，但换了时新包装，果然不一样，销售月月见长。但我也因此忙乱起来，因为产品固有的问题并没有得到解决，王经理把许多用户"需要指导"的活儿都推到我这边，我耐心而徒劳地在电话里向遥远的用户们指导着，争吵事件不断。当然，也没有出现严重事件，购买数量大的，一般是大企业或国营单位，没人愿意出面负责，而且经办者多少吃了点回扣，发几句牢骚也就拉倒，甚至接着进货。倒是一些零买者，有威胁要投诉的，我就让王经理把钱退给人家。而精明的王经理总能找到理由给退款打个折扣，再从我这儿补漆。大部分用户在使用了一次之后，就没了音讯，但仍有着源源的新用户加入进来，销售就在这令人烦恼而困惑的状态中缓慢增长着。

忙乱了一年多时间，一天，王经理突然打来电话，说要到我这儿来"玩一下"。这个精明的只知道榨钱的家伙哪儿来的雅兴？我有点奇怪。第二天早七点，我按时打开公司大门，发现门边蹲坐着一个穿军黄夹克的人，趴在自己的膝上打呼噜。我忙推醒他，他招牌式地嘿嘿一笑："我已在你门前睡一大觉了！"

我忙带他到饭店吃早饭，他抢一步走到柜台前，要了一大碗水饺。我要添一笼包子，他甩甩手中的筷子："不用不用，这个就好。"

王经理呼里哗啦地吃完水饺，随我来到办公室，拉开鼓胀的大包，取出两袋红枣，又出人意料地抖出一把已显陈旧的日本武士刀：

"这是我爷爷当初硬从小鬼子手里夺的，可威风呢！特意给你带来的。"

"这么珍贵的东西，别！别！"

"别什么，在我那儿搁着，怕要被我儿子玩丢了。"

"谢谢！谢谢！这次好好陪你扬州玩一下。"

"玩什么！"王经理突然长长地叹了一口气，"我与李总分开了，决定自己干。"

"怎么干？"我吃了一惊。

"我已张罗了一个新门市，后天开张。你的反光漆我准备接着做，今儿我带了一笔钱，先提一批货回去。"

"那李总那儿怎么应付？"

"离了我，他那儿的漆也就没人能做了，自己会收摊子的。"王经理又叹了一口气，"李总这人够朋友！可我一天到晚地忙乎着，帮他挣钱，让他上赌桌，我觉得没意思。"

"好吧！"我思忖着，郑州的事一时也摸不着底，还是走一步看一步，待尘埃落定再说，这两边我暂时谁也不想得罪。

寓言与迷宫

果然没几天，李总给我打来电话，大骂王经理不是个东西，忘恩负义，当初是他把那个穷小子从一个快倒闭的油漆店捞出来，才有了今天，谁知他反过来咬主人。李总叫我不要理睬王经理，马上发一大批货过去，他要布到各个点上，闷死那个当初的穷小子。

收到李总的汇款后，我照样发了货，然后静观事态变化。李总与王经理对峙了一段时间后，渐渐松懈下来，他手下缺一个像王经理这般能吃苦且精通油漆的人，再说，以他的身份与王经理这样一个小人物纠缠，也不是有面子的事，李总很快将反光漆忘到九霄云外去了。而王经理这边的反光漆进货开始正常起来，虽然每次的数量不是很多。

王经理成了河南独家经销之后，我的日子并没有好过起来，其小生意人的精明，砍价的耐心，都令我不胜其烦。

"庄总，产品最近问的人不少，可就是价格太高，没法做啊！"

"可是，庄总，考虑我们这儿是落后地区，太穷！再说产品的问题你是知道的，我到处奔跑的花费就是一大堆。"

"庄总，浙江温州也有家做反光漆的，找我来了，价格特低。"

我终于烦了，"那你可以卖它的试一试，我正准备找它打官司哩。"温州那一家油漆厂我早知道，模仿的我的产品，但模仿得很拙劣，连包装上的产品标准都是照抄我公司的企业标准。

"嘿嘿，庄总，说哪儿去了，小弟啥时不是跟着你的。这不，明天我又要进货了，再挤点油水给小弟好不好！"

……

说实话，没几个人有耐心经得起王经理这般没完没了的软缠硬磨，几个回合下来，给他的价格低的我自己都有点不信，心疼不已。而且，他每次来提货，都是带现金，点完钞票后，总要少个六百八百的，然后敞开衣襟或翻出口袋："嘿嘿，可怜可怜小弟，只剩下回去的路费了！"对于这个爱也不是恨也不是的经销商，我有时真想把他休了，但想一想他的难得的敬业精神，每次付款也都及时，就算了。

然而，王经理却把这反光漆看得非常重要。一次，郑州另有一家油漆商到我公司悄悄进了一些货，数量很小，并一再向我保证，漆不上柜台，直接到达用户，绝不会让王经理知道。因为卖价不错，我便默认了。谁知他刚把漆带回去，王经理就像盘在网上的蜘蛛一样，不知通过哪根丝得知了消息，立即带了几个人冲过去，把对方的柜台砸了个稀巴烂，吓得对方好一段时间没敢开门。然后，他怒气冲冲地打电话责问我：

"咋违反合同卖漆给别人了？"

"没有，不可能。"

"怎么不可能！证据都在我手上呢。"

"你别激动，待我查查怎么回事。"

"你别玩花样了，"王经理显得很激动，"你就等着法院的传票吧！你至少得赔偿我四十万元的损失费。"

我还想辩解，王经理咔嚓一下把电话搁了。我的心凉了半截，这个家伙为了钱是什么事都能做出来的。忙找出有关合同，一看乐了，合同有效期已逾两个月，我与王经理的经销合同是一年一签。于是，我带有挑逗意味地拨通电话："王经理，官司什么时候打？"大概他也看清了合同："嘿嘿，小弟和你开玩笑的，嘿嘿！"

其实反过来替王经理想一想，他如此看重反光漆也不是没有道理的。与李总反目后，他在城郊接合部的一个大型装饰材料市场租了一个不大的门面，本想全部接过李总的油漆生意，谁知那些当初称兄道弟的油漆供应商，此时没有一个赊账给他；而以前的那些用漆单位，因没了李总的关系，也不再要他送货。他那软缠硬磨的功夫，对这些人可不起作用，加上他小生意人的过分精明，出手小气，这些人不久就给他冷眼了。因此，他只能把生意指望在反光漆上了。

我曾趁出差的机会，顺道看望了一下王经理。郑州火车站一下车，我便叫了一辆出租车，因为王经理打招呼，他的车子刚好这个时间要送货。终于见面，他嘿嘿笑道："哎呀，真是不巧！"他的身边停着一辆又破又旧的小面包车，估计是二手货。他的门市比在李总那儿时的小多了，拥挤地摆放着各种油漆的样品，守店的是他老婆，一个淳朴能吃苦耐劳的女人，与王经理一样，一口要仔细辨听的河南话。他们刚初中毕业的大女儿也已过来做帮手。王经理想要儿子，生下这个女儿后，接着生，又是个丫头，罚了款，再接着生，终于得了个儿子，那两个小的放在他乡下的父母那儿带着。到了晚饭时间，王经理有些神秘意味地说，要带我去郑州的一个最著名的夜市吃河南特色。待小心地关了店门，他们一家三人和我一同乘上那辆又破又旧的面包车，来到一个灯光闪烁、喧闹无比的地方，其实就是一个超大型的各类大排档集市，价格很便宜。王经理点的那些不是酸就是辣的所谓河南特色，我实在不对胃口，最后要了一碗担担面，而王经理一家三口埋头吃得满头大汗。这么一个没有权势背景的小生意人，其实挺不容易的。

与王经理的合作是在1997年中断的。这一年的一个周末，他心急火燎地催我马上发两万元货，一个工程急要，他人过不来。我叫他汇钱，他说周末没法汇，待下星期一上午，肯定把钱汇来，并对天发誓。我犹豫了一下，答应了他。到了星期一上午，我忍着没催电话，还想试试他的自觉性。等到下午四点多，还没他的回音，我终于忍不住了，打电话问他钱汇了没有。他在那一边的手机上显得很忙，说已在工地上忙了一天，还没抽出身，并说大约还差五十公斤漆，让我立即发过去，钱明天一块儿汇。这次我没答应他，第二天我再打电话催款，他在那边显得很不高兴的样子："工程没完，我还没拿到钱。差这么一点漆你都不发，算什么老朋友！"说完就掐掉了手机。我心一沉，知道上了当。之后，我再打电话，对方干脆不接了。

我只得把这事儿搁在一边，公司有人往河南方向出差，便让他顺便去王经理那儿要账。自然，不是扑空，就是王经理把手一摊："没钱，上次工程的钱还没回来呢！"然而奇怪的是，半年多时间过去了，他没从我这儿进一点货，货架上却仍放着我的产品。这一年，我的新型反光漆研制终于成功，并推向市场，它可以像普通漆一般直接使用，全国各地要求做经销商的纷纷踏上门来。一直等到与王经理的经销合同到期，他也没和我通过一次电话，我便在河南另定了一家姓鲍的经销商。鲍经理也曾是李总的手下，现在自立门户。

一次，与鲍经理喝酒时，聊到王经理，我奇怪他这么长时间不进货，货架上怎么还摆着我的老式反光漆。鲍经理呵呵一笑："这小子，可精了！他私下印刷了你的包装，贴在普通的调和漆上，又不知从哪儿买来反光体，配在一起糊弄客户。不过客户已越来越稀。听说他最近又想做小标牌生意，这个人，太精了！"

"怪不得！"我掼下酒杯，一时起了告他官司的念头，再想一想，算了。便又问到李总，鲍经理呷了一口酒，竖起大拇指："呵呵！他如今可是大名人了，中原工贸集团董事局主席，还挂了几个大学的名誉教授头衔。"

"到底是大手笔！"我不禁叹服道。

推销员 L

20 世纪的 80 年代中期，我尚在油田机械修理厂工作，因为单身，仍在父母那儿蹭饭。父亲是个市场先锋派，创办了本地的第一家民营企业，由此，家中热闹非凡，乡镇各级领导，工商税务，乃至父亲手下的员工，都喜爱到我家里谈事，然后吃饭，因为我母亲烧得一手好菜。

那天中午，我下班回来，见家里坐了一位三十岁左右，乡村教师模样的年轻人。他戴了一副黑框眼镜，闭着前凸的厚唇，斜着身借着窗户的光线翻阅报纸，而头发却是刷子一般向后，不，是向上排起。父亲介绍道："这是有名的记者 L。"

L 放下半遮着脸的报纸，面无表情地冲我点了一下头，又扯起报纸。

寓言与迷宫

或许是文人，都有些傲慢的。我父亲对 L 显然有所期待，午饭时，不停地给他夹菜，谈着一些我不明白也不感兴趣的地方领导人事变动的小道消息，随着话题的展开，父亲把我也拉进来："我儿子也喜欢写作的，已在石油报上发表了不少诗歌。"

L"噢"了一声，继续用筷子夹菜，半晌才冒出一句："都什么时代了，还写那东西！"

其实，L 并非什么了不得的记者，是 J 市报的一个通讯员，临时在镇上的一个文化站落脚，因写了一篇我父亲公司的"豆腐块"报道，而有了不一般的关系。然而，L 的那句话倒真的很快有了应验，1989 年末，因为与单位领导的争执，我一怒之下，辞去了油田的铁饭碗，而父亲的公司其时正上马一种颇为新奇的反光漆产品，急需生产与技术管理的帮手。待我赶时髦"下海"时，L 已在我父亲的办公室坐了近两年了，相当于办公室秘书的角色，他见了我，仍那样不冷不热地点了一下头，一副文人的清高模样，与公司上下对我的热情招呼形成了令人不舒服的反差。或许，L 是有资格的，产品前期的准备工作，以及花钱从各类高新科技展销会抱回金奖、银奖，L 都是主创人员。然而，L 对他的角色似乎并不满意，当公司正式把反光漆产品推向市场时，他自告奋勇地要求去做一名推销员，并表示很有信心。而其他人则私下认为，是鼓励推销产品的高价差吸引了他。

负责市场开发的公司副总张向前听说 L 要到他手下来，很不以为然地撇了一下嘴，用他那上了润滑油似的东北话评价道："L 这种话都说不顺溜的人来跑市场纯粹是瞎掰乎。"当时，公司上下都把开发市场的宝，押在张向前这个神通广大的人身上，据说他上到中央，下到地方，没有玩不转的。张到公司来的前后，颇有些传奇色彩，这个曾在东北小城伊春拉过板车的大混混，不知怎么认识了正准备向我公司投资的台方老板，一番交谈后，台方老板认定他是个难得的人才，要求把张从东北调过来。于是，我父亲动用了他的全部关系资源，费了九牛二虎之力，终于把张的人事关系挂到了J市外经委。张虎背熊腰，脸型颇似当时正走红的小品演员范伟，但戴了一副金丝眼镜，手指上醒目地戴着两颗猫眼大的金戒。他开口讲话，若水银泻地，十分钟之内，能把你搞掂到与他称兄道弟，说到动感情的地方，这大男人能当着你的面流下泪水。按照"与国际接轨"的要求，张在公司为自己装修了一间豪华办公室，每天发表一些令人目眩的不知如何下手的阔论，或与另两个推销员合作，拿有些口吃的L开心，把L气得蜷缩在墙角抽闷烟。然而，不到一个月时间，张已与J市外经委的领导打得火热，只偶尔在公司露露面，或许，他对推销新产品这种费工又费力的活儿并不感兴趣。不过，张最后席卷了公司的两百万元巨款，至今下落不明，则是后话了。

既然神通广大的张向前指望不上了，L与另两位本地推销员的位置就凸显了出来，我父亲也给予了他们宽裕的资金运用。一年下来，另两位推销员都有了斩获，而L一无所得。两年下来，L除了带回一大堆市场信息，让我一一记录，以及花去了两万多元人民币，仍是没有一文进账。公司上下议论纷纷，都认为不该重用这么一个无能的人，但我父亲力排众议，坚持认为有着"早请示，晚汇报"之风的L是"忠臣"。

张向前走后，我顺理成章地顶上了公司副总的位置。一般人都认为老板的儿子指挥工作应是势如破竹，实际上不是么回事。父亲手下的几员干将，包括L，其时都已有了元老重臣的味道，对我这个后来居上者，表面上竭力敷衍，背后则悄悄使小绊子。两三年下来，待我把公司的生产技术部门理顺之后，父亲便让我参与市场管理工作，定时听取推销员们的汇报，又选了日子，以"了解市场"为名，让每个推销员陪我出去走一圈。

L虽然没有跑到一笔业务，但还是那般慢条斯理，一副自信的样子。说L有书生气没错，然而，他的黑眼镜框后不时闪现的那一丝狡黠，乃至冰冷的东西，则恐怕不是专属于书生的。在中国乡镇企业的发展中，推销员是必须依赖，但又不能完全信赖的一类人。既然他们花了公司的钱，公司了解他们业务上的真实情况，也就是天经地义。轮到我与L出行时，父亲特意关照道："你们是小兄弟，要相互照应。"L慨然一笑："老总，你放心！"

我与L的线路，由景德镇、鹰潭、上饶、南昌、株洲，这般一路行来，每到一处，L都是先领我游览当地的风景名胜，人文遗迹，并开玩笑说是让我找回些失落的灵感。此时的L，偶尔也露些文人性情，指点江山之后，发些"人心不古"之类的感慨。

然而，当访到L的那些潜在客户那儿，与另两个推销员夸张地把我推出，然后滔滔不绝地两边引话，以显自己的特殊位置不一样，L把我这个公司副总慢条斯理地简介给对方后，就一声不吭地坐在一边，像个拘谨的书生，闭着前突的厚唇，任由我与对方寻找话题，当然，大多是不咸不淡地聊一会儿，然后告辞，带走对方几句热情的"有业务就找你们联系"之类的客套话。或许，这就是L文人式的狡黠处，他高深莫测地坐在一边，可以推说是做我的陪衬，又使我对他与这些潜在客户的关系摸不着深浅。如果我发挥得好，谈成了业务，即使他原本与对方关系不怎么样，仍可归于他的功劳；如果业务始终没有下文，他也可以拿我来做挡箭牌。

　　与另两个推销员出行，生活上可谓丰富多彩。每到一处宾馆住下，他们便与熟悉的女服务员打情骂俏，晚上更是拉上我，到那些形形色色的茶楼、夜总会，找女人鬼混，消磨时间。与L在一起，这方面就枯燥多了，他喜欢躺在宾馆的床上，不厌其烦地拨弄电视机遥控器，任由我百无聊赖着。当然，在业务上，L也有他文人式的独特处，我们每到一地宾馆住下，他就到服务台找来本地电话簿，往往是又黄又脏，缺页少码。然后，L手指沾着口水，一页一页地翻起来，凭着他对文字的敏感，把那些认为可能成为潜在客户的单位电话一一记录下来，再用宾馆房间的电话，耐心地一家一家通话，反正是本地电话，宾馆不收费的。虽然公司预支推销员的出差费用，但这出差费用归根结底还是要摊入推销员自己的成本的，L的这一招，既节省费用，又能缩小潜在客户的搜索范围，经我的宣传后，其他两位推销员都有茅塞顿开之感。然而，他们更有了新发展，还在公司里，就争抢起那本厚实的全国电话号码簿，整天趴在办公桌上，往全国各地拨电话，搜寻猎物。一年下来，公司电话费触目惊心。

在景德镇，L的这一招还真的差点逮到大鱼。那天下午，他长时间地通了一个电话后，眉飞色舞，让我晚上请他喝酒，他慢条斯理地喝了六瓶啤酒后，对我说明天"有名堂"。第二天上午，我们叫了一辆出租车，来到当时还很寒酸，只是一幢灰旧大楼的交警队，进入那个对反光漆"很感兴趣"的陈科长的办公室。陈科长年轻精干，显得很专业，正和两个推销员模样的人交流着什么。L知趣地坐在一边的长椅上，我也随着坐下。约半个小时后，那两个人终于站起，并约请陈科长中午到瓷都楼吃饭。科长摆了摆手："你们先做好一个样板工程再说。"L这时站了起来："我们就是扬州生产反光漆的。"

"扬州，好地方，烟花三月下扬州嘛！"陈科长热情地请我们再入座。

"还……还有腰缠十万贯，骑鹤下扬州。请……请陈科长有时间去一游。"L平时讲话就有点口吃，兴奋或紧张时更显严重。

我们聊了一些有关扬州的趣闻，然后转入正题。

"我对你们的反光漆很感兴趣，我曾在国外的有关资料上看到，我也很想让这里的夜晚闪亮起来。这样吧，你们到交通设施厂找一下刘厂长。"陈科长认真地写好地址，L像是弯腰又像是鞠躬一般地接过。

我们叫了一辆人力三轮，顺便可以轻松兜风，问过几个路口，找到了那个近郊的交通设施厂。厂区到处是废弃的各种铁架，有些还好端端的，攀爬着锈迹与藤类植物，三三两两的工人游荡着。进了刘厂长的办公室，我们特意说明是陈科长介绍过来的，希望能得到刘厂长的帮助，为中国交通事业的发展做一点贡献。刘厂长又矮又胖，坐在一张灰旧的办公桌后，请人倒来两杯茶水，然后双手一摊："产品是好产品，可是钱哪！现在的景德镇早就不景气了，人全跑到广东去了，倒闭的工厂都收拾不过来。陈科长总是叫做，交警队欠厂里的一百多万，两年多了，还没个音信呢！"

一看势头不对，我与L便起身告退："希望刘厂长能记住我们的产品！"刘厂长点着头："放心！"然后撑起肥胖的身子，把我们送出大门，算是还了陈科长的面子。在我的印象中，20世纪90年代初的景德镇，是一座灰旧的早已丧失了瓷的华丽光泽的城市，总是在叹穷，在叹穷的旋涡里打转。

与L的南方之行，计划中还有安徽黄山，L却以公路局的有关领导不在家为由支吾了过去，他有他的小算盘。两个月后，果然是黄山，响起了L的礼炮第一声，接到了一笔三十万元的施工合同。其实在这之前，L已在黄山下了很大功夫。突破口是在局长夫人身上，他与门卫闲聊时，得知夫人因风湿性关节炎住院，他立即提了礼品前去看望。偏偏夫人是个文学爱好者，L便与躺在床上的她聊起一些中外文学家的趣闻逸事，还朗诵一些经典片段，帮助她打发医院难熬的时光。L前后陪了十来天。

寓言与迷宫

"L开和了!"公司上下当作奇闻传告。而有了第一笔业务之后,L的手气似乎也顺了起来,接着开发安徽北部市场,捷报连连,自然,这背后离不开黄山的介绍链接之功。现在,L一出差回来,就给围过来的公司人员一圈圈地撒烟,然后,慢条斯理地讲一些外面的奇闻。L的口才很不好,说到关键处就有些结巴,但公司的人员都听得津津有味,有时还提一些问题,比如山区的男女是不是如传闻中的共用一个厕所,全家男女老少是不是按年龄顺序挤在一个炕上。这时,L便露出一副不屑的样子,卖关子道:"下次你跟我走一趟就知道了。"然而,不论什么时候,只要我父亲的办公室一传呼,他立即三步并作两步,做小跑状过去。听我父亲讲话时,他总是双膝并拢端坐,耷拉着下巴,做出一副需启蒙的样子。

连我也没理清怎么个脉络,L就以我父亲的干儿子自居了,自然,我父亲对这个干儿子也非常关照,L跑到第一笔业务前所花掉的三万多元费用,先挂在公司账上,而此后的每一笔业务,只要款项一回来,马上结清L的所得。L成了我与父亲最放心的业务员,甚至成了公司上下嫉妒的人物。

L跑到第一笔业务后的第三年的一天,突然急匆匆地从外面回来对我说,安徽淮北急需八吨漆,他要亲自押送过去。像往常一样,公司一路绿灯,只让L在库房打了张收条。然而,L把货发出去后,半个月也没个电话回来,当时的"大哥大"手机还没有普及到每个推销员身上。又过了两天,L给我父亲打来一个电话,说正在河南南部下功夫。

那段时间，施工队在家歇着，偏偏有一个主力施工队员也好多天没露面了，说是身体不好。那天晚饭后，我照习惯到附近的乡村散步，突然鬼使神差地想到他家看看。这个施工队员姓王，因年近五十，公司上下都称他老王。到老王家的路并不很远，但我还从未去过。问了几个庄上的人，终于看到了依着一条死河的他家，裂了纹的土坯墙、茅草顶，在夏日的夕照里，给人一种恍若隔世的感觉。老王人精精瘦瘦的，似乎只剩下筋骨，爆竹脾气，一点就着，但干活却是一把好手。他的家庭生活，是公司上下常议常新的话题。他的收入其实不错，却一直单身，与兄嫂住在一起。兄嫂有一个女儿，长得很漂亮，在本地中学读书，成绩也不错，但社会上都流传那女孩儿是老王的。他的哥哥终日只知道埋头喝酒，好像一辈子没有说过一句话。走进茅屋，坐在矮木凳上刚吃完晚饭的老王吃惊地站了起来，没有一点病容，只是黑瘦了些。他忙请我坐下，他那体壮如牛却颓唐不堪的哥哥，仍握着酒瓶子，一副与世隔绝的样子。我问了问老王的身体近况，关照如有什么困难就直接告诉我。一会儿，老王的嫂子晃着空饭碗，从邻居那儿串门回来了，老王脸上立刻显出欢喜，介绍了我。他嫂子虽衣着很旧，但人显得干净清爽，我对有些不知所措的她说："我爱人刚好有一批以前的衣服，都穿不下了，你有时间去挑一下，都是一些好衣服。"

第二天一上班，老王就冲进我办公室："经理，我对不起你！"原来L在安徽亳州谈了一笔大工程，私下里与他老家的一位小老板商议，合伙买了一台旧的施工设备，组织了几个人施工，利润两人平分。老王那些日子没上班,就是去帮他们施工的。老王还告诉我,工程合同仍是用的我公司的名字签的,没用完的两吨漆,都被L拖他家去了。没想到一次偶然的散步,竟捞出这么大的事来,我忙叫来父亲,我们都非常震惊,提防了其他推销员,就是没有想到L。我们立即开了一张公司介绍信,让平日与L有隙的一位推销员前往亳州,与有关单位交涉,冻结往来款项。然后,打电话给常在一起吃喝的派出所杨所长。杨所长亲自开着一辆警车,与我一同来到L乡下的家,L正与一群人忙着装饰他新砌的别墅式小二楼,手上提着一片木板类的东西,有节奏地摇晃着。一见我与一位穿警服的人走来,L忙扶了扶黑眼镜框,上前打招呼。"亳州施工后剩下的两吨漆在哪儿?"我直截了当地问道。L看着我身后表情严肃的杨所长,一下子脸色刷白,愣了半晌,把我们带到他邻居的牛棚里。装好漆后,杨所长对L说:"请跟我走一趟吧!"L乖乖地上了警车。

L脸色青白,一见到我父亲,就恼怒地喊道:"干爸,你让我以后怎么做人!"我父亲拍拍L的肩,安抚道:"把事情解决掉,过去的就算了。"他这一辈子遇这样的事多了。陪杨所长吃晚饭时,父亲特意把L也叫上,L紧闭前突的唇,始终没有动一下筷子。晚饭后,按照我父亲的要求,审问就放在公司办公室,杨所长表情严肃,煞有介事地翻开笔记本,拿出一支笔,谁知L依旧是一声不吭,上牙咬着下唇。僵持了近两个小时,杨所长终于不耐烦了:"这样吧,跟我到派出所去,今晚先待在禁闭室。"L这才一松牙,把事情的原原本本说了出来。

杨所长把我父亲拉到一边,耳语了一下就告辞了。我父亲走过来,对L说:"你还是我的干儿子。"并叫我把L领回家,睡在一起。陪L睡在一张大床上,他在里,我在外,哪里睡得着,L这个有点书生呆气的人,万一想不开,干了傻事怎么办!而L也一夜没睡,两眼呆呆地望着天花板。

第二天,L一见我父亲,就开口道:"大老板,我帮你把事情处理好!"然后,L打电话给他老家的那个共同谋事的老板,叫他把已拿回的工程款吐一部分出来。一开始,L的口气很自信,以为对方一定会听他的,谁知劝说了半天,对方怎么也不肯把已进口袋的钱掏出来。L甚至喊道:"我就在局子里,拿钱把我救出来!"对方就是不为所动。终于,双方在电话里对骂起娘来。扔掉电话,L颓坐了一会儿,说:"我去亳州把余款拿回来。"于是,我陪着L一起上路,亳州方面知道自己违反了合同法与财务制度,很心虚,痛快地把余款汇给了我们。

一场风波似乎平息,大家都努力做出若无其事的样子。时间隔了不长,公司推销员小蔡在安徽宿州接了一个工程,而小蔡与公司施工队偏偏正在另一地,忙得无暇分身。我只得把工程转包给盐城的祁经理,用公司生产的漆。为了表示对L的信任,我让L负责这项工程的监工。按照一般经验,推销员在犯事后的至少两年内,会对公司表现出积极的姿态。盐城的祁经理带着施工队来了,一副乡镇小包工头的灵活与精于计算的样子,而他也确实是从泥瓦匠起家的，这之前，我已转包过几笔工程给他。

我把L介绍给祁经理，祁经理连忙上来握住L的手：

"请多关照！"

L不冷不热地应道：

"你要是工程质量出了问题，我可没法向公司交代哟！"

宿州的工程干了四天后，降了一场大雨，L心急火燎地给我打来电话，说许多划好的标线都在雨后脱落了，可能漆有质量问题，要公司速发一吨好漆过来补一下，以免影响声誉。我叫祁经理接电话，他也哼哼哈哈着说是。放下电话后，我总觉得祁经理的话音有点怪，便叫另一工地的小蔡立即赶过去看一下。第二天一早，小蔡打回来电话，口气很轻松，说是部分路段因为太脏，雨水把污垢覆到了漆面上，水洗后还是好的，质量没问题，他已向交警部门做了解释。我不由有些恼火，L曾多次参与工程，怎么对这常识性的问题都不明白。

工程完工后，L打电话问我，是否让祁经理的施工队直接回去，我说不行。祁经理接电话时，我口气严厉地提醒他不要因小失大，祁经理回道："是！是！"

L他们还在回来的途中，小蔡已愤愤地给我打来电话，说宿州的施工队偷工减料，少用了一吨多漆，都被L与祁经理拖回去了。他们在宿州还以公司名义向交警队预支了数千元生活费。其实一开始，我就让小蔡在宿州雇了人，暗中记录施工的情况。

祁经理的施工车一进公司大院，我便吩咐人把大门关上，锁好。车上除了空桶子，一桶漆也没有。L轻松地与祁经理走进办公室，我问过辛苦后，点着祁经理道：

"这几年我对你怎么样？"

"好！好！"祁经理忙不迭点着头。

"你他妈的还知道好！"我一拍桌子，站了起来，"今天你就不要着急了，什么时候把用漆量算清楚，什么时候走。"

祁经理也紧张地站了起来。他是走惯了江湖的，已预感到了什么。他的施工费大部还没有结，他的价值十余万的车子被我锁在公司大院里。他马上把一切都抖了出来："……都是L叫我干的，他说他是老总的干儿子。"

"我们还是合作伙伴。那带回来的一吨多漆哩？"

"放在离这儿不远的一个路边旅馆里，"祁经理头上冒出汗珠，"一开始，L让我把漆直接送他家里，我多了个心眼。这是L分给我的六千元。"祁经理从随身的小黑包里掏出一叠百元钞票，双手微颤着递给我。

"好！还是请你的车子去帮我把漆拖回来吧。"

"好！好！"

祁经理走后，L仍呆呆地坐着，脸色青白。他没想到，宿州那几天在祁经理身上下的大功夫，在更大的利益面前，顷刻土崩瓦解。他喃喃自语着："我家里新砌的房子，钱……钱差得紧，我，我，我恨……"

也不知他恨什么，这人性真如妓女。我压抑住愤怒，对这个曾自以为很熟悉此刻却无比陌生的L平静地说："你走吧！公司养不起你了。"

L上牙咬着下唇，沉思了一会儿，开口道："好！那……那我还要与大老板通个电话。"显然，他还有某种期待，他拿起电话，叫了声"干爸"，说了些"公司不要我了"等等。我父亲在那边哼哈了几声，就关掉了"大哥大"。

L扶了扶黑眼镜框，昂起他那板刷般的头发，颇有些悲壮意味地离开了公司。

就在我已将L淡忘得差不多的一天下午，推销员小蔡突然神秘兮兮地走进我办公室："L死了！"

原来，离开公司后，L曾去投奔那个当初共同谋事的小老板，依靠L开的路子，那个小老板如今已发了不小的财，但他只答应L以一个普通推销员的身份待在那儿。L大骂了一通忘恩负义之后，赌气自己另起炉灶，就在他东奔西跑地筹资期间，不知怎么查出得了结肠癌。手术后，那些当初答应借钱的人，都纷纷以各种托词躲了起来，L只得闷在家里，对着老婆孩子发脾气。

我叹息了一声，那个戴黑眼镜框的乡村小文人，在眼前晃了晃，不知怎么与那个脸色青白，皱纹里夹着伤痕的孔乙己的形象晃在了一起，心中涌起一种无以言说的苍凉。

总账会计也闻讯跑了过来："账上还挂着L的三万元呢！"

"就挂呆账吧！"

阿　宝

阿宝突然给我打来电话,而且是从遥远的青海西宁,使我颇为意外。对于生活于长江中下游平原的我来说,那儿可是一个令人联想着月亮、歌谣、匪帮,以及散发着血腥传奇的地方。因躲债而藏匿了多年的阿宝突然从那个僻远的地方冒出来,使这一切突然有了一种混乱的意味。

那天,我从酒宴上晕头转向地回到公司,秘书小朱就对我说,一个自称是我老乡的人刚从西宁打来电话,急着要见我,因为从口音判断,确是我的乡音,就把我的手机号码给了他。但她把对方的名字记成了"奥宝",颇像时下一些电视广告上玩命的产品,令我的记忆迷惑了好一阵。说来这也不能怪小朱,扬州人一般没有以"阿"字挂头称呼人的习惯,像什么"阿庆""阿毛""阿狗"之类的，给人的印象似乎一直是苏南人的专利。我的老家属于扬州和泰州的交界处，然而，这一区域的方言却异常复杂、有趣，有时甚至是相邻的村子，即会呈现出不同的发音，并以此相互取笑。对于这一区域方言的复杂，至今还没有令人信服的溯源。对于家谱颇有研究的三叔曾多次对我说，庄家的祖辈，是三百年前从苏州乘船移民而来的，这或许是老家那儿常用"阿"字开头呼人的缘由。

果然一会儿，我的手机响了起来。

"是我——阿宝啊！"对方的声音努力做出亲热的样子。是他，那沙哑的公鸭嗓子，如今似乎添了些沧桑的味道。其实，我小学毕业后即离开了老家，此后与阿宝并没有什么来往，逢年过节回乡，偶尔碰个面，也仅是打打招呼点点头而已。20世纪80年代，阿宝乘着改革的"东风"突然暴发了，握向对方的手指上，闪亮出四个大金戒，嘴巴努力向后咧开，在两边撑出两道括号一般的有力条纹，可能他认为这样很有派很有魅力。但我总觉得有些滑稽，逃不出童年时留给我的"老僵子"的影子。"老僵子"是我们老家给个子始终长不高，人却异常鬼精的人的称谓，阿宝的个子一直就没有超过1.56米。他长我四岁，学校里混了两年就踏上了社会，每日从"打钱堆""发沙海"等赌技中弄几文。土称的"发沙海"，就是香港赌片中常见的，被"周润发"们把它的魅力演绎得淋漓尽致的那种赌技，别看阿宝学校的成绩非常糟糕，这方面的算计却很精，明明抓了一手"呆子牌"，却偏偏能显出一副"杨子荣"的镇定，目光咄咄逼人，并把价码玩命地不断叫高，令对手望而退却。而当他走运地摸了一手黑桃"同花顺",在玩命叫价的时候,又偶尔露出一点"心虚"的样子,令对手大胆跟进,结果赔个精光……然而,到了那个举国上下皆不择手段追逐钱财的20世纪末,富名一方的阿宝,却实实在在地赔了个精光,落到躲债鬼的下场。他之所以从青海西宁打来电话,说是因为与青海省交通厅的某位要人关系很好,那位要人又是家乡人,家乡观念很重,要我把公司的资料速寄过去。显然,他还在挣扎,且了解我的公司。

虽然我对阿宝的人品有着根深蒂固的疑虑,但还是欢迎他加入我公司的艰难行进,欢迎他熟练的行贿与赌博技术。公司目前的经营不善,有很大部分原因要归之于我的个性。自然,我很明了当今所谓的市场经营之道,先做朋友,这一步我是会的;后谈生意,我也能称职;但到了行贿,回扣,瓜分利益的阶段,我就有了犹豫。我这个人很重友情,一旦与对方建立了友情,就不想让物质利益玷污了友情,而向朋友行贿,就是引朋友犯罪,拉朋友下水,这怎么对得起朋友?我固执地陷入了自己设定的思维。

寄了产品资料后的约半个月时间,阿宝激动地给我打来电话,说那位老乡看了反光漆资料,很感兴趣,那位老乡今年春节要回南通,而流落他乡多年的他也想回家看看,届时,他准备带我一起去拜访那位老乡。这种类型的话语我听得多了,"哦"了一声,便显得关切地问起他在异乡"发财"的情况——对合作伙伴的了解,在生意场上是很重要的。他回了一句"好得很",就转移开话题,我也不好再深问。阿宝曾经的发财经历颇有些传奇色彩,一直到20世纪的80年代，他都是庄上的一个混混，只不过是由"小混混"混成了"大混混"，赌技和说谎都更加精湛而已。阿宝的父亲是个瞎子，以给人算命糊口，并不断地积蓄几文。但这些积蓄最终被阿宝一锅端了过去，理由是做猪鬃生意，要发大财了。确实，80年代那段时间，庄上有不少人凭借猪鬃迅速成了万元户。一开始，阿宝摸着别人的信息，从西北一带收购些猪鬃脚料回来，再转卖给三叔的猪鬃公司，每年也能弄上个三四万的收入，但这些钱，又立即被他转上了赌桌与女人的身上。三叔是个商业奇才，短短的五六年功夫，就把一个臭气熏天的皮毛小作坊，做成了全国闻名的猪鬃基地，以至于有一段时间，全国的猪鬃行价都要看三叔的眼色。三叔的精明与冷酷是出了名的，但他有一个致命弱点，满脑子的封建意识，对政治地位十分敏感，那响彻庄里庄外的"庄总""三叔""三伯"之类的竭力表示尊重或套近乎的声音，其实并不入三叔的心。阿宝看出了这一点，他第一个以"庄主"的名分称呼三叔，每逢大年初一，大早第一个在大门外高喊"庄主！恭喜恭喜"的，准是阿宝的公鸭嗓子。三叔非常受用，虽然他表面上不动声色，但每次收购阿宝猪鬃脚料的价格，总要比别人高出几毛钱。而在这之前，三叔对阿宝一直是嗤之以鼻的，并不时拿来作为我们几个兄弟的反面教材。

　　说来真是令人感慨，那段年月钱是那么好挣，银行想方设法诱你去贷款，在庄上桥头打个哈欠，似乎都能吸进几张钞票。由于一个偶然，也可以说是必然的机会，阿宝终于暴发了。三叔突然接到广东某外贸公司的一个电话,要了解猪鬃生产方面的情况,就派阿宝前去试探试探,也没太当真,只当给他喜欢的阿宝一个免费旅游的机会。谁知阿宝一到广东,就以他赌徒的精明嗅出"好运到了"。当时,中国正向世界缓慢而坚定地打开大门,猪鬃作为劳动密集型的手工产品,自然受到了西方商人的垂青,阿宝带去的样品被一眼看中。控制着进出口权的外贸公司老总暗自高兴,正准备对阿宝拿腔捏调摆架子,阿宝却以他的赌徒精神,将随身携带的三万元人民币迅速花了出去,赢得老总对他的"老弟"称呼,然后又急电三叔,汇款十万,称此处市场前景惊人。那时手头正宽裕着的三叔也没犹豫,立即把钱汇了出去,由此可见乡镇企业在市场拼搏中的效率。阿宝就用这前后的钞票,把外贸公司的上上下下收拾了个服服帖帖,建立了牢固的关系。第二年,三叔的公司就挂上了集团的牌子,销售翻了三番。三叔也毫不含糊地送给了阿宝一幢三层小洋楼,一时传为美谈。

但这个赌徒不知怎么搞的,又输了个精光。八年前初冬的一天,我回老家请三叔办点事,阿宝那幢立在庄上中心地段的三层小洋楼,已人去楼空,装饰豪华的内部被债主们搬得空空荡荡,大门更被贴了封条,法院也在寻找阿宝。我走进三叔的院子,见阿宝的姐姐阿美正捏着一条大花手绢,一把眼泪一把鼻涕地站在三叔面前,请三叔出面摆平法院的官司。几乎每间隔一分钟,她那肥胖的身子就要抽搐一下,显得十分伤心。而三叔躺在院内的藤椅上,哼哼哈哈着。我想表示出一点同情,但又摆不脱一种滑稽感,眼前现出二十几年前，风行一时的现代扬剧《小陈庄的风云》中那个时刻想着"变天"的肥胖地主婆的形象。那时，我们这儿有条件的乡村都争着排演这出戏，"资本主义尾巴"屡割屡长的我们庄自然实力雄厚，服装、道具、灯光，都狠下了一番功夫。舞台搭在庄上宽阔的打麦场上，孩子们老早就搬来木凳，占好位置，而我的童年也有了一次鲁迅先生《社戏》式的愉快。阿美在戏中饰演的时刻梦想着"变天"的地主婆，捏着一条大花手绢，肥胖的腰肢舞台上扭来晃去，那一副鸭子嗓居然把扬剧唱得有板有眼，再加上配给反面人物的突然低沉渲染不详气氛的音乐，居然赢得了"苦大仇深"的观众们的阵阵叫好与掌声。阿美颇为得意，从此戏外也常捏着一条大花手绢，在庄上游走，一时成了她的招牌形象。

泪眼蒙眬的阿美没有认出我来，仍断断续续地诉说着，总之，要三叔出面帮忙，她怎么做都可以。而三叔躺在藤椅里，渐渐地连哼哼哈哈都没有了，似在打盹，又似在享受从院墙那边斜射进来的初冬的阳光。这时，堂弟回来了，问我是不是要办担保盖章的事。

我点了点头。堂弟把我带了出去，转到三叔集团公司的办公室，打了好几个电话，才把办公室主任从赌桌上找来，顺利地盖好章。显然，堂弟在三叔的公司是说话算数的。那时，三叔的公司已摇摇欲坠，而堂弟已在外面又成功地发展了一家同类型的企业。

"活该！"堂弟对我说。当初，就是因为与不可一世且腐败不堪的阿宝之间的矛盾，堂弟才赌气又在外面开办了自己的企业。

三叔大概是老糊涂了，或者是被阿宝捧糊涂了，居然无限信任地把经营大权交给了他。堂弟数次力劝未果，便开始另寻出路，他比三叔更了解这个童年的伙伴。果然，渐成气候的阿宝开始"另立中央"，把一部分业务悄悄转移到自己在外面暗设的企业。这时的阿宝，表面上对三叔还是无限忠诚，并且是把"庄主"喊得最响亮的时候。为了对三叔有所交代，他同时低价收购大量劣质猪鬃，以次充好，不计后果地卖给各外贸公司，为三叔赚取着惊人的利润。外贸公司因为吃足了阿宝的好处，有苦难言。但三叔公司的产品是"老鼠药"的名声也逐渐地流布开来。三叔并不知情，或装着不知情，埋头搞他的大规模公司基建和大队的公益投入，他已兼任大队书记，想再造一个"华西"。仅数年工夫，几乎所有的外贸公司都对三叔关门，而阿宝已肥得喘气，分庭抗礼的野心也不再隐瞒。他的家成了庄子的另一个中心，来客熙熙攘攘。虽然他还在三叔的集团挂着职，但在三叔面前已开始拿姿作态，不再以"庄主"，而是以"庄总"来称呼了。当三叔因资金紧张，发不出工资时，阿宝竟大模大样地站在公司大门前，叼着烟，挺着他那永远长不高的干瘦躯体，向上班的工人夸口：只要三叔来跟他讲个好话，他就立马把发工资的钱"搬"出来。

因为距老家有一段距离，我一直没有弄清楚，究竟是什么导致暴富的阿宝又输了个精光。只知道他在感到局面不支的时候，以"入股"的名义到处借债，连他姐姐阿美的家底也被圈了进来。局面终于崩溃后，阿美曾以"上吊"的名义要阿宝还钱，阿宝双手一摊，两肩一耸。阿美瘫在地上号啕大哭，阿宝面无表情地转身走了，从此就消失了。躲债了多年后，他突然从青海西宁冒了出来，并与我的业务接上了线，而我居然也抱以了兴趣。说实话，对于这样一个赌徒，即使在他红得发紫的年月，我也不愿主动去握他那套满大金戒的手，现在，我热情地与他通电话，寄资料，是也想学早期的三叔，在阿宝身上赌一把？还是怀旧？好奇？接着把一出戏演下去？我也说不清楚。但我小心地隐瞒着消息，不让三叔堂弟知道。

21世纪的第二个春节很快地来临了。每年的正月初二，我都要回老家，在外工作的堂弟堂妹们也纷纷在这一天回来。我们相互在对方的肩上击打着拳头，嘲弄对方凸起的肚子，回忆当初的各种趣事，老家的院子里，洋溢着开心的笑声。这是一个晴朗的日子，院子里蓄满了温暖的阳光，一团团热气从厨房腾腾冒出。我们几个弟兄在院子里摊开一张牌桌，闹嚷着炒起了"地皮"。正炒得兴起，阿宝那几十年如一日的"老僵子"身体从大门闪了进来，腰板不再挺直，向前哈着，而两只眼睛仍是大猩猩一般闪亮。

"恭喜恭喜！"阿宝双手抱拳，四处作揖。

"新年好！"我忙站了起来，三十余年没碰的手居然很自然地握在了一起。他的手掌充满了粗糙感，我想，他隐匿的这些岁月，也一定没有停止过玩弄这个世界。我们刚寒暄几句，三叔突然从房间走了出来，搂着阿宝的肩，一起走到门外，也不知唠叨些什么。

约二十分钟时间，三叔回来了，亦哈着腰，又默默回到他的房间。公司这几年的折腾，使他明显老多了。我忙把牌让给一位堂妹,走到门外,阿宝果然在守着。

"我已和黄工联系好了,初八上他家里拜访。"

"好!黄工是个工程师吧?"我突然有些狐疑。

"人家是省交通厅的总工,专门负责安全设计的。你放心!我已经和他谈得差不多了,他对你的反光漆很感兴趣。都是家乡人,怕什么!"

"好!我备车。"我将信将疑,但还是面露欣喜之色。

本来约好初八早晨一起出发。初七晚,阿宝突然打来电话,说他明天先赶到南通,然后听他消息。谁知刚过了一会儿,阿宝又打来电话,显得有些激动,说他刚与黄工通了电话,黄工特地关照把我一起带来,说都是家乡人!这个"黄工"倒真的被阿宝弄得有些神秘色彩。随后阿宝又问我准备了些什么东西,我说准备了两瓶好酒。我做事一向谨慎,在没有摸清底牌前,是不会下大注的。但阿宝显然有些不满了,你放心,黄工那儿的事情绝对没问题,最好再带两条好烟!也许……我往包里又塞了一条"中华"。

初八早晨六点半,阿宝按约守在老家桥头,等着我的奥迪车。天气很冷,阿宝蜷着瘦小的身子,却穿上多年前的一件西装,打了领带,脖子上挂了一条大花围巾。过年期间,债主一般是不会纠缠的,阿宝的两只眼睛还是机警地张望着。一坐进车里,阿宝就恢复了自信,摊开身子,接住我递去的烟:"老弟,你放心!黄工在青海交通厅是很重要的人物,已帮助我姜堰的朋友做了好几笔生意,他们今天一起去。"

寓言与迷宫

姜堰先后接上阿宝不停挂在嘴边的姚老板、王老板，两个满脸油光的大胖子，我不禁为我的车子暗暗叫苦。"恭喜恭喜！发财发财！这是庄总！这是姚老板，我在西宁的直接领导！这是王老板，南方波纹管集团的当家人！"阿宝热情地介绍着，然后谦虚地和王老板拥着姚老板在后排落座。挤在后座的姚老板似乎对我没有谦让前座有些看法，严肃地从腰间掏出手机，拨通号码："黄工！我们已经到了白米镇，还有一个小时。"显然，姚老板与黄工才是真正的老关系。阿宝在一旁侧耳听着。凭我社会上滚爬了多年的经验，对阿宝目前的位置已有了个大概的了解：那个同在西宁的姚老板身边的混混，并正在努力故伎重演。

在姚老板的指点下，车子在南通新开发区的一幢新楼前停下，我和王老板提上各自的礼品，随着上了楼。黄工是个三十五岁左右，有些知识分子模样，外表显得实在的人，热情地请我们在客厅的沙发坐下，阿宝则忙着给大家倒茶水。我与王老板先后递上各自的名片，我还特意强调了一下："我就是生产反光漆的。"阿宝忙在一边跟上："黄工，我跟你说过好几次的，就是那个晚上灯照了老远就反光的。"黄工若有所思地点了点头，然后，却与一边的王老板热心地聊起了波纹管，显然他对这方面比较在行，还取出一张图纸给王老板看："你们扬州（他还不知道泰州已划了出去）有个通江波纹管厂，去年我介绍他们进了西宁，第二年就做到一千多万。后来，他们干脆自己干了起来，出了问题，有一半的款怎么也要不到，就又来找我，我推说身体不好。"大家附和着一片对那个公司的耻笑声。王老板忙拍着胸脯表态："黄工，你放心！你跟我打过一次交道，就知道我的为人了。"原来他与西宁也是刚刚挂上钩，阿宝还是当初的那样，出口成谎。但在黄工家里，阿宝一直在谦虚地听着，眨着一双猩猩般贼亮的眼睛，偶尔插入一两个语气助词。显然，他这个猪鬃贩子，始终没能真正弄懂另一个行业。

还不到四十分钟，姚老板便提出告辞，显然他在控制着局面。大家纷纷起身，我多了个心眼，提起礼品包——阿宝肯定是不会帮我说明的：

"黄工，这点小意思！"

"不用。客气了！不用。"黄工连连摆手。

我坚持了一下，黄工也就没再推辞。黄工把我们送到楼下后，姚老板与王老板说什么也不让再送了，待目送黄工上了楼，才纷纷坐上我的奥迪车——或许，他们都不愿黄工看到他们挤坐后排，如今的老板都很要排场和面子的。我一看黄工并不对我的路，就仍不客气地前排落座。

由于早晨起得早，车子开动后我就迷迷糊糊地打起盹来，听着他们三人在后面嘀嘀咕咕。

"怎么样！王老板，黄工人很实在吧！"这是阿宝的声音。

"在西宁，只要我一个电话，黄工马上就到。在我那儿吃饭他从来不讲究。"这是姚老板自信的声音。

"兄弟我是讲义气的！中午我来安排。"这是王老板诚恳的声音。

随后，隐隐还听到阿宝向姚老板诉苦，说同在西宁的老乡某某某,过春节回家也不带上他,还是姚老板帮他买了车票……阿宝够惨的!

在姜堰吃过午饭,告别姚老板与王老板后,我与阿宝并肩落座车子后排。

"你知道你三叔怎么又和我握手了?"阿宝突然转向我,"初二那天,你三叔把我拉到门口,说叫我回来一起干,东山再起——你三叔出牌总是大手笔!"

"那你就回来呗!"

"我是想回来。如今庄上的年轻人都窝在家里,混吃父母的老本,这怎么得了!"这几句话从阿宝嘴里出来,倒使我有些意外。"但我知道自己的处境,如今在庄上已是威风扫地。再说你三叔的空壳公司还挂着那么多吓人的债务"。

"没想到三叔那么大的公司垮得这么快!"

"这儿也没外人,就当我说酒话。你三叔这个人容不得人才,要是他心里有了想法,就把你叫去谈,要是你把他心里的想法说了出来,他就不得了!就要把你往下坑。还有分配不公,公司那几年有钱的时候,不该奖的钱瞎奖,不该花的钱瞎花,我们一些元老反而被晾在了旁边。反正他把做皇帝的那一套都搬了过来,我很灰心。去年,北方公司有一张猪鬃大订单找我,我拒绝了。我回来做什么,到时你三叔又要到处宣传是他的本事。"

"多可惜!"我心情复杂地叹息着。

阿宝从口袋掏出一包"红梅","你看,我一个人的时候,就抽这种烟。"这与他发达时随处乱撒"红中华",有着天壤之别。但阿宝眯着眼,喷出一圈圈几何形状的烟雾,一副乐天知命的样子。是的,他有这个随时接受现状的本领,在我们小时的斗殴中,当我们三兄弟合力把他按在地上,他就一动不动地趴着,像一只死蛤蟆。当我们陆续离去,剩了最小的三弟还兴奋地骑在他背上颠着,像骑在马背上,这时阿宝猛地翻过身来,眼里射出凶光……

"说起来,我今天这个下场还是你三叔害的。"阿宝继续吐着一圈圈烟雾,"你三叔终于撑不下去的时候,说要下山,让我来承包,称只要养活一些人,交一些费用就行了——那份协议我也没有看懂,我只认准着终于要掌权了。谁知年终一算账,你三叔私下操纵财务把那些乱七八糟的亏损、开销全算到我头上,我一下子亏了一百多万。"

"原来阿宝上了三叔的套。"后来的事情我是知道一些的,这个曾经的赌徒又舍不得这个好不容易挣来的宝座,咬牙支撑着。偏偏那几年国际市场猪鬃价格大跌,国内又多了好几家竞争对手,根本就没有利润可赚。在四处套钱"入股"的同时,阿宝又老毛病发作,把劣质鬃混进优质鬃里卖,终于搞垮了自己。

阿宝回到西宁后,很快给我打来电话,说黄工已开始要把我的反光漆设计到工程上。我说好。他来第二个电话时,鸭子嗓有些激动,说事情已经敲定了,要我速汇三万元去打点一下有关人员,绝不能让煮熟的鸭子飞了。我"哦"了一下,以公司资金紧张推了过去。第三个电话过来的时候,阿宝的口气有些硬了,说如果再不汇钱过去，他就把业务转给另一家公司，对不起家乡人了。我依旧只是"哦"了一下。

后来，我再也没有接到阿宝的电话。

阿宝的最终结局我还不知道，也想象不出来。

小 莫

小莫直到去年退休，公司上下都仍叫她小莫。她的身体单薄得似乎一阵风就能吹走，脸色总那么憔悴着，她在公司的十八年间，年龄就似乎一直停留在这个"憔悴"上，没有增加，也没有减少。

我没到父亲的公司前，"小莫"这个名字就印记在脑海了，父亲与手下的人曾担忧地谈到她，说她的神经可能有些问题，常一个人呆呆地坐半天，任谁也叫不应。记得那一年，离春节没几天了，父亲从公司回来，沮丧地对我母亲说，小莫又犯毛病了，而公司已放假，叫我母亲有空去看一下。小莫那几天失神得厉害，每天跑到离公司不远的镇上车站转悠，一转就是半天，说是等她的男人回来。春节前，路上人多车多，单薄的小莫万一给撞着了怎么办。小莫的男人叫谭宝，给一家公司在外面跑业务，跑了三年，没有一分钱回来，谁知这次连人也回不来了，他欠了北京一家宾馆三千多元食宿费，被扣住不放。亲友们没一人出手相助，他们早已厌恶透了这个大话连篇、借钱不还的谭宝。小莫一人带着五岁的儿子，一急之下，两眼失了神，每日恍惚着到车站转圈子。

小莫是我父亲在环保局的一位老同学的妻妹，介绍到我父亲这儿来上班，实际上就是托我父亲照顾的。小莫当初不顾家人的反对，甚至不惜与姐姐翻脸，嫁给了甜言蜜语的混混谭宝，过起了居无定所的漂泊生活。有了儿子后，生活更是一团糟，两口子经常发生争吵，小莫的神经也就在这愈来愈频繁的争吵中变异下去。然而，谭宝出远门后，小莫又一人坐在家里发呆，恍惚度日。她的姐夫实在不忍，把她托付给已办了多年企业的我父亲。小莫好赖是个初中毕业生，便让她保管库房，登记材料。公司清理了一间二十多平方米的房间，母子俩终于有了个安定的住处，至于谭宝，就让他在外面继续混自己。

我母亲叹了一口气："好人要做就做到底吧！"从家里拿了三千元，用这笔当时不小的数目，把谭宝从北京赎了回来。

20 世纪 90 年代初，我到父亲的公司做副总经理时，小莫的精神状况已有所好转，只是仍经常走神，要放大声音叫一下，她才从梦里惊醒似的哎一声。小莫的办公桌放在财务室，桌上堆着材料账本，她干得很细心，没有出过什么大错。但她的动作太慢了，别人一个小时的活，她要三个小时，叫她到库房取东西，往往半天不见回来，待我心急火燎地冲到库房，她还在那儿做沉思状地点数东西。

然而,小莫做饭菜的速度可不慢,大概是被上学的儿子逼出来的。因此,若是公司来客人,我母亲做饭菜招待,都要叫上小莫打下手,我母亲的厨艺比小镇的饭店好得多。有时,终日鬼混的谭宝也会闻讯过来帮忙,做几个菜。别看他平时"牛皮桶"一个,但在美食上还真有几分心得,几个拿手菜的受欢迎程度,不比我母亲的差。开宴时,谭宝自然地入席,他又矮又胖,光溜溜的大脑门,稀疏的头发上了油,向后服帖着,这一切配上西装领带,倒也令人看不出深浅。

"上个月,我在北京时,曾在赵部长家里掌勺,"谭宝指着桌上的一盘菜,惬意地呷了一口酒,"就做的这道菜。赵部长尝了一口,立即伸出大拇指。"谭宝的出口成谎,自然得连自己都信以为真了。于是,众人纷纷伸出筷子。

"小莫,这道菜刀工有问题,应再切细一些!"谭宝时而突然把头扭向厨房,如大师一般教训。令人称奇的是,谭宝讲话的嘴巴与给嘴巴输送的筷子,同样的敏捷,且互不干扰。

宴席进行到高潮时,更少不了谭宝的"献宝",比如,他会突然向大家吹嘘自己有一种花粉,洒到碗里后,能使面条根根直立,怎么也打不倒。有人认真地说,也想得到一盒,谭宝一仰脖子:"哈哈!下午我到壮阳春给你买两盒。"酒宴一片欢笑。

"嚼蛆!"小莫从厨房里骂出一句。

众人酒足饭饱后,谭宝立马抱拳离席,奔赴他的麻将桌。一直在厨房忙碌的我母亲和小莫,这才上桌,她们照例也要喝两杯,小莫酒量不错。

一次，趁着小莫几杯酒下肚，我开玩笑说："嫁给谭宝后悔吗？"

小莫脸上黯然了一下，马上又摆出若无其事的样子："有什么好后悔的！"她继续喝着酒，脸上突然现出一片迷幻的红晕，"我们中学同班时，他可好哪！嘴巴比谁都甜。"

小莫与谭宝吵架，好几次闹到要离婚的地步。他们的儿子初中毕业后，吵闹声渐渐稀疏了，双方似乎都认命了。

小莫的儿子小宝，是跌跌爬爬地熬到初中毕业的，他的成绩一直很糟。小莫把这个儿子惯得要命，母子一直睡一张床，谭宝也无可奈何。有意思的是，小莫又瘦又小，谭宝又矮又胖，却偏偏出了个一米八的大块头儿子，以至于有一段时间，谭宝怀疑这个儿子的真实身份，但在小莫近乎疯狂的愤怒下，最终不了了之。小宝块头很大，却有些像当地土语中的"大木瓜"，对世界对生活似乎没有一点感觉，只知终日沉迷在电子游戏厅，没有钱了，就和他父亲一样，叫要债人到小莫那儿去。两三年下来，公司的人实在看不下去了，劝小莫赶快给小宝找个事做做，否则就要像他父亲一样废了。小莫想了一下，也是，虽说住在公司水电不要钱，但父子俩终日这样鬼混，靠自己那一点微薄的收入，将来怎么办。小莫虽穷但很自尊，为了儿子终于放下撑着的面子，与久已疏远的家人亲戚们联系，请他们帮小宝找个工作。其实，家人们早已淡忘了她当初执意嫁给谭宝引起的不快，只是小莫自己始终没有除掉心理障碍。小宝很快有了一个工作,在上海近郊的一家合资企业。

儿子一下子要远离身边,小莫还有些犹豫,过来征求我的意见。

我说好,小宝到外面闯一下,对他的将来好。

谁知小宝去了不到一个月时间,居然在开简单的冲床时,左手指从根部被齐刷刷地切去了四个。

小宝住院治疗的钱,上海那家企业出了,但接假肢的钱及赔偿费,却不愿承担,理由是小宝还没与企业签订用工合同。这与小莫提出的二十万元,有天壤之别。小莫之所以提出这么高的数字,是以为这和街头摊位买衣服一样,对方肯定是要狠狠砍价的。无奈之下,小莫与谭宝抱了床草席,每天睡在那个企业的大门口。那个挂了合资牌子的企业其实很小,只投了几万美元的台湾老板大概也是个来大陆赌一把的小人物,没见过这阵势,干脆躲回台湾去了,留下大陆方面的副经理处理这一棘手事件。这位副经理翻阅有关资料时,忽然发现小宝还未满十八周岁,他如获至宝,冲到躺在大门口的小莫和谭宝面前,耍起上海人的派头与脾气,威胁要向法院控告小莫两口子,因为他们把未成年的童工送到上海,违反了国家法律。

小莫一时不知深浅,上海人生地疏,就逼谭宝去找他在上海的久未联系的大哥。谭宝的父亲原在上海,"文革"期间下放到扬州乡村,改革开放后,又回到上海,在上海有一处三十多平方米的老房子。老谭在扬州期间丧偶,谭宝的大哥便以老头子身体不好为由,乖巧地随着住了进去。老谭去世后,小莫和谭宝过来要分

寓言与迷宫

遗产，嫂子是个精明又厉害的上海人，拍着巴掌："老头子看病护理的时候，你们去哪块了？这破房子，还不够给老头子看病送终的钱！"小莫哪里吵得过。谭宝的大哥手里捏了两万元，摆出不要声张的神秘样子递给小莫，小莫甩手不要，又递给谭宝，谭宝接了过去。别看谭宝是个混球，骨子里的憨，有时也叫人叹息。自尊的小莫转身就走，还抛下一句："这一辈子也不进你这个烂房子！"

听了谭宝和小莫的诉说，谭宝的大哥皱了一下眉头，说："侄子的忙，我肯定是要帮的。"他与谭宝一般矮胖，但戴了一副金丝眼镜，颇有老上海滩金融家的派头。其实，他也与谭宝一样，没有固定工作，是个社会上捐客的角色，好在上海这摊位好，总能混到想要的钞票。第二天，他领来一位"戴教官"，称是他的哥们儿，在某武警学校任教，已帮不少朋友打赢过官司。戴教官听了小莫的哭诉，拍拍小莫的肩："这个官司赢定了！"甚至商量到赢钱后的提成。

小莫回来对我说了请戴教官打官司的事，我有些不放心，劝她："还是请专业的律师为好。"

但小莫人很自信："我看戴教官人很精干的。"

从此，小莫每两个星期，就往上海跑一趟，衣服也穿得愈来愈漂亮，后来还买了件时髦的大红套裙。公司的人忍不住开玩笑："小莫又要相亲了！"她略有些羞涩地一笑，也不辩解，提上她的金利来小包就走了。小莫四十多岁，但消瘦的身材很适合穿衣服，憔悴的瓜子脸施上妆，倒也自有其风韵。小莫不再要谭宝陪同，让他回到麻将桌上，自己一个人来回地奔波，似乎忙得很高兴。眨眼三个月时间过去了，戴教官那儿还没有什么进展，我都觉得有些疑惑了。趁一次到上海出差的机会，我把小莫带上，想见一见戴教官。上车前，小莫用手机与戴教官通了电话，然后高兴地告诉我，戴教官要请我们吃晚饭。到上海后，我们在入住的宾馆等着戴教官，到了约定时间，戴教官没有来，又过了半个小时，才打来电话，说是被一个案子拖住了，让我们先吃晚饭，他来结账。晚八点后，戴教官来了，并没有穿警服，一身军黄夹克，人长得干净端正，油着分头，但机敏的眼睛里总有几分色眯眯的味道。打过招呼后，他没有提晚饭结账的事，也显然不愿与我多聊，而是扳过小莫的肩膀："我还有一些情况要问你。"然后进了小莫的房间，关上门。

一直谈到晚上快十二点，戴教官才告辞。我问小莫官司进展如何，小莫略带疲惫地说："戴教官说正在找一个重要人物帮忙，要把前期工作做扎实。"

小宝是在三月份被断掉手指的，到了寒风呼啸的十二月，戴教官还没有把上诉送到法院。我对小莫说戴教官可能靠不住，小莫仍是不信。她一上班，就窝在办公桌前，一针一针地织着一件毛衣，是给戴教官的。考虑到路费的消耗，小莫上海去得少了，但更频繁地给戴教官写起信。我提醒她，与戴教官交往时留点心眼。

"我有数的。"她认真织着线衣，头都没抬一下。

十二月底的时候，小莫衣着突然恢复了朴素，脸上也不再施妆，露出往日的憔悴。我们问起戴教官那儿的进展，她摇了摇头，什么也没说，憔悴里却分明隐着几分忧伤与愤怒。我们大概猜到了一些，但也不好深问。

过了春节后，小莫向公司预支了三个月的工资，一个人到上海去了。我劝她把谭宝带上，她有点不屑地说："带他有什么用，多个吃饭的！"确实也是，别看谭宝像是个在外面混江湖的人，到了该正经的场合，他反而嗫嚅起来。小莫找到上海那个企业所在区的法院，坐在大门口，摊开一张大字报，上面已事先用毛笔写好了缘由。瑟瑟寒风中，小莫坐了三天，法院终于有一位好心的大姐把她领进办公室。听了小莫的哭诉后，她为小莫联系了一位愿为贫困阶层打官司的律师，收费极低。律师很快把诉状递到当地法院，要求赔偿十五万。那边公司闻讯着了急，便也请了律师，同时到法院找人拉关系。官司拖了五个月之后，判决下来，赔偿五万。小莫坚决不答应，要求继续打官司，律师有些犹豫，小莫一下子跪了下来："如果官司这样了结，我也不想活了。"律师便又把诉状递到上海中级人民法院。刚好那段时间，中央对底层农民工的生存非常关注，判决出乎意料地快且顺利：赔偿小莫人民币十二万八千元（含接假肢费），先付八万，余款两年内结清。小莫的憔悴绽成了笑容，要请我们吃饭，但我们哪里忍心。

小莫的运气似乎从此有了好转，赢得官司的这一年，她又轻易地得到了一套六十平方米的商品房。事情的缘由是这样的，公司砌办公大楼的时候，铝合金门窗业务是本镇的一位叫郭庆厚的老板做的。这位迈着八字步的老板有个习惯，就是每谈成一笔业务或挣到一笔钱，都要浑身上下抖动，尤其抖动着那八字得很厉害的右脚，在小镇上炫游一圈。郭老板是我父亲的牌友，几乎每天都要来打上几局。这一天，他忽然抖得比往日哪一次都厉害地来找我父亲，说是在武汉接了一笔五百万的铝合金门窗工程，要我父亲帮他向银行贷些钱。我父亲让他小心些，他说工程是本镇的一个穿开裤裆时就要好的朋友介绍的，他已看了工地，也去过那个转包工程的公司，在武汉一个豪华的八层楼办公，办公室二十多个男女，统一黑色西服，每人面前一台电脑。但对方有要求，签订合同时，要付十五万元前期费用（含各种资料费）。郭老板在镇上有两套房子，一套一百二十平方米，一套六十平方米，我父亲便让他以那一套大房子做抵押，找银行的朋友贷了二十万。郭老板去了半年后，忽然又回来到处借钱，以银行的四倍利息，说已定好合同，预付款很快就要到账，但工程刚开工，急需一点启动资金。他找到我父亲，我父亲说公司已交给儿子，手头没钱，郭老板八字脚一拐，扒开窗户，说借不到钱就从这儿跳下去。我父亲被缠得没办法，就说："这样吧，借你五万，你打个字条，年底不还，就拿你的六十平方米房子抵债。"

又过了两月，快过春节的时候，郭老板回来了，继续宣扬武汉形势大好。其实他是放心不下他那又老又瞎的母亲，他是个孝子。我父亲把他叫到办公室，他扭着八字步，挺着腰，摆出一副发了财的大老板的样子。我父亲说时间到了，叫他还钱。他不屑地回道，就那点钱，担心什么，我也给你四倍的利息。我父亲走了一辈子江湖，哪里吃这一套，年轻时是体育健将的他一把揪住郭老板的胸衣，把他拧了起来，威胁说要把武汉的真相告诉所有的人。原来我父亲不久前通过武汉的朋友得知，郭老板所谓的大工程其实是上了别人的套子，现在他又下套子骗下家，弥补自己的亏损，并以此作为自己新的事业。郭老板浑身发抖，说现在没有那么多钱，我父亲咆哮道，那就把房子交出来。郭老板乖乖地办了手续，交出那间六十平方米房子的钥匙。而刚好这时，小莫打官司所得的钱回来了，我父亲就让她用其中的五万，得了这当时市价至少九万的房子。郭老板过了春节走后就杳无音信，不久，他的大套房子也被银行封了，他的老婆与瞎的老妈妈便搬到乡下的老房子去了。他妈妈曾拄着拐棍，从乡下赶到我这儿打听她的"厚儿"的下落，她什么也不知道，只知道她的"厚儿"曾经常到这儿来打牌。她那孤独的颤巍巍的样子，实在令人不忍。

  小莫搬进自己的房子后，把余钱存进银行，她没有马上给小宝接假肢，而是想寻到一个价格更便宜的医院。家人和亲戚们这时也感到要给小莫某种补偿，便轮流着把手指残疾的小宝接过去住一段时间。然而，小宝似乎还没有从他的世界中醒过来，除了窝在家里看武侠电视剧，就是要钱出去打电子游戏。一圈下来，家人和亲戚们都有些失望和厌倦了，便没有了第二轮的邀请。小宝这个大个子，又回来和小莫睡在一张床上，白天时间则随他爸爸谭宝出去观摩牌局。大木瓜一般的小宝，偏偏对麻将有悟，一段时间后，就可以站在谭宝的"围城"后,用尚健全的右手指指点点。后来,父子俩更发展到用别人所不知的暗号,悄悄做一些小动作,以操纵牌局。

小莫大概是疲惫了,对之不闻不问了一段时间,在我母亲和我的一再警醒下,才抖擞起精神,再次找她的亲友们帮忙。但亲友们对小宝已没有信心,都打着哈哈,最终还是在她在环保局的姐夫帮助下,在J市的一家宾馆谋得了门童的差事,为出入宾馆大门的客人们拉门关门。小宝大个子,穿着宾馆制服,双手白手套,倒也像个样子。然后,小莫又托人给小宝找对象,心想或许成了家,小宝会成熟起来。开始谈了几个,不是小莫嫌人家不合意,就是人家嫌小宝手残。后来,媒人终于介绍了一个双方父母都有意的,对象是本镇一家饭店老板的独生女儿,与小宝一般大,都已二十四的年龄,媒人说她的唯一缺点就是有时有点犯傻,复杂一点的算术做不出来。这倒没什么,小莫一想到困窘的家境有可能因此得到改变,那几天上班时特别开心,主动与办公室的人聊这方面的话题。到了双方父母带儿女见面的那天,小莫把小宝好好打扮了一下,穿上刚干洗的宾馆制服,在媒人的引领下,踏进对方在镇中心地段的一幢三层小楼。刚见面,双方都感觉不错,小宝站着,又高又大;姑娘坐在沙发上,不说话,还有些淑女的样子。然而,当这边两家父母交谈到一定氛围时,那边两个小的却为电视机遥控器争夺了起来,一个要看武侠,一个要看言情,争夺中,小宝的左手套被扯去,露出残缺。姑娘突然两眼放光,好奇地拉住小宝的双手:"太好玩了！我来数一数，总共有多少指头。一，二，三，不，重来，一，二，三，四，五，六，"然后转过头，"爸爸，我数得对不对？"她爸爸尴尬地点了点头。姑娘一下子雀跃起来："哦！我数对了！"双方家长的脸上霎时都蒙了一层阴霾。

小莫再没提这件相亲的事，大概双方都冷处理掉了。而小宝因为贪玩游戏，不久又把宾馆门童的工作弄丢了。沮丧的小莫找我母亲商量："我也这么大岁数了，这个家以后怎么办？"其时，我母亲已从油田单位退休，到我的公司负责财务，讲话是有分量的。我母亲说："该下狠心了，小宝与谭宝再这样下去，家就毁了。"我父亲有个朋友在北京做生意，为人严谨，就请他把小宝领了去，报酬暂时无所谓。至于谭宝，就让他到我公司施工队，一有工程，就跟出去施工，这样至少减少了他上牌桌的机会。

谁知道是物极必反，还是俗话说的"树挪死，人挪活"，小宝到了北京一段时间后，父亲的朋友打电话来，说小宝还是不错的，安排的事情都能做掉。而谭宝这个混混到了公司施工队，还真有了卖苦力的样子，人虽矮胖，两只膀子的力气却不小，一手一桶二十五公斤的漆，提起来就奔，见我在场，奔得更欢。至于业余时间的牛皮，他自吹他的，我只当作看戏。小莫居然胖了一些，憔悴的脸上也添了些红晕。因为她的姐夫渐渐成了环保局有实权的人，环保系统的人到公司来检查工作，我就把小莫拉上陪酒。小莫三杯酒下肚，话就多了起来："我们经理是个读书人，有点书呆子，你们可要照顾啊。"对方自然点头称是，而我则有点哭笑不得。到了收费时，小莫问多少钱，对方回答："一千五。"小莫便嚷道："哪儿有这么多！减五百，减五百。"对方无奈地一笑，就按照她说的写了收据。

转眼到了2003年，北京传来消息，小宝谈了个女朋友，东北人，据说关系已不是一般的好。小莫只看了照片，不放心，又请假专程去了一趟北京，还把压在箱底多时的大红套裙又翻了出来。第二年六月，小宝和他的未婚妻一起离开北京，到东北的延吉闯天下，做起一种生意，就是收集当地的人参菌菇，制干后卖到韩国。不知是南方人天生善于经商，还是小宝从他父亲的牌桌上悟得了某种经验，生意居然做得很好。不久，谭宝向我请假，说是上海的哥哥开刀要照顾，其实我心知肚明，他是也想到东北去试试，他一去就没回来。巧的是，小莫这一年五十岁，到了可以退休的年龄，她自己也提出了要求。本地乡镇企业有一条不成文的规定，员工退休时，按在厂里工作的年数，一年补一个月的工资。到九月份，小莫刚好在公司干了十八年，我母亲特意给她多补了两个月，凑个整数，叫她以后自己照顾好自己。小莫数着钱，突然抽泣起来，呜呜咽咽地不知对我母亲说了些什么，我母亲也陪着掉了泪。

小莫自然也去了东北，帮一家子做饭。两个月后，她给我打来电话，说在那边很好，那儿的冬天也不是想象中的冷，家里有暖气，一进门就热得要脱衣服。最后说春节回来看大家。

我暗自松了一口气。

寓言与迷宫

附补：

  就在我颇有些慰藉地给这篇小说收尾后的第三个月，小莫一家竟出人意料地回来了，并没有挨到要给大家分带礼物的春节。据见到小莫一家的我母亲说，小莫又回到了当初的老样子，憔悴得眼睛里的神一点儿都没有了，而更令她吃惊的是谭宝，原本150多斤的矮胖子，陡然间瘦得不到90斤，样子简直不能看。据街坊间的风传，他们一家可能是在延吉坠入了传销团伙。倒是小宝似乎前后并没有变化，仍是高高大大的"木瓜"样，一回来就钻进电脑游戏房。随后的日子，我忽然有些害怕见小莫一家人了，上街时，总要不自觉地往小莫家住的那个巷子里警惕地扫上两眼。

小　潘

20 世纪的 90 年代，是我的生活中极为动荡的时期。1991 年盛夏，我带领公司刚成立的施工队，远涉外省，到安徽的蚌埠、淮南一带施工反光道路标线。当时国内的公路上，连维护交通安全的必要的普通标线都很少见到，更别说这种晚间车灯一照，前方便显出一道亮带的反光道路标线了。那是公司最艰难的一段日子，不仅有着事业初创时的千头万绪，更因为向北京某著名大学教授购买的这项产品技术，根本就不合实际的应用。

焦头烂额之际，后方增援来了人手。当时，我正站在蚌埠市区的一条又脏又乱的马路中央，满脸灰尘，满腹怨气，一位高大精壮的小伙子赶路似的向我走来，他提着空瘪的帆布黑包，里面大概只装了两三件夏天换洗的短裤衫之类。小潘那时刚 17 岁，朴实，憨厚，浑身上下散发着一种久违的旷野的气息，一双又大又圆的眼睛，就像从卡通画上跳出来似的。小潘是安徽六安人，因有亲戚在扬州，便与他的哥哥一同投奔了过来。我向小潘关照了一下施工要领，他"嗯嗯"地点着头，弯腰拿起一把漆刷子，模仿着身边工人的样子，一刷子一刷子地干了起来，很快就干得有模有样。

　　向北京的教授购买的这个反光路标漆技术，有个怪脾气，须在正午的高温烈日下施工，才干燥得快，可惜这样的时间很短。随着太阳的偏西，以及城市楼房的遮挡，它的干燥速度便陡然慢下来，直至需4个小时之久，才能放车辆通行。这对于愈迅捷愈好的道路交通来说，显然是不适应的。施工队每天干到太阳落山，然后用红色锥形帽把画好的标线严密保护起来，以防行驶车辆的损坏。这样的看守往往要熬到夜里12点之后。几天下来，我检查发现，小潘看守路段的标线是护得最好的。我不在时，工人有的跑到路边聊天，有的倚坐灯杆打盹，而小潘则在路中心围了一圈锥形帽，自己醒目地坐在里面守着。罚到了损坏标线者的钱，小潘马上交到我手上，我便分出一些让他去买包烟抽，而他憨憨一笑："我不会抽。"一天晚上，我查路时，忽听得前方有吵闹声，围聚了一群人，原是一个喝多了酒的蚌埠人，骑着摩托车，连着撞翻了好几个锥形帽，被护线的工人拦住。那时骑摩托车的人是很牛的，他一听工人是外地口音，掏出当时黑匣子似的"大哥大"，就要找人。这时，另一路段护线的小潘闻讯冲了过来，一把揪住那人的衣领。"老子废了你！"那人仗着酒气，点着小潘的鼻子。"你敢！"小潘也以安徽腔回道，扬起了一只大拳头。一场争斗眼看要起，我忙打电话招来交警，平息了事端。

由于产品的先天不足导致施工质量有问题，首次的安徽远征不仅没有挣到钱，反而亏了血本。回扬州后，我一直没有好脸色。当初，因对僵化体制的不满，我一怒之下，辞去公职，硬着头皮弄了这么个小公司，本是为了糊口，还幻想能为后半生的专心写作打下点物质基础，谁知竟是这么个开局。而北京的那位教授，知趣地以治疗糖尿病为由，离开了公司，再也没有回来。

一切只能靠自己了。好在我中学的化学课程学得不错，便找来有关书籍资料，边学边做实验，憨厚的小潘则跟随左右，每一个新配方出来，就让他操作，观察效果。我是对别人有戒心，这戒心倒是跟那位教授学的，他在公司时，就国外抄袭来的那点技术，还总神秘兮兮地隐身在实验室里，拨弄那些复杂的试剂与玻璃器皿，任何人都近身不得的。产品试验成功后，我为之配套了相应的施工设备，小潘自然成了主要操作手。

小潘在家里排行老三，他的哥哥排行老二，在附近的一家机械修理厂做铆焊工，不时到这边来看看。兄弟俩一样高大，但哥哥潘二更显精明些，见熟人便脸上挂笑，使得眼睛小了许多。小潘在老家时就有女朋友，是双方父母从小定的亲，但小潘还是等着让潘二先结了婚。潘二的老婆在苏州打工，长得川妹子一般的小巧，衣着时髦光鲜，但给人随时会扎出刺来的感觉。婚后没多久，潘二也到苏州打工去了。临行前，潘二要请我吃饭，我说："等你发了再说。"潘二嘿嘿一笑："我弟弟还请你多关照！"

1995年后，公司业务开始正常，我带领施工队南征北战，似乎一路顺风。然而，第二年在泰兴施工时，由于工程量大，工期紧，我又急又累，身体突然发病，垮了下来，其后几年，一直没能恢复元气。于是，先后为施工队物色了两任队长：第一任是一位曾在外做工程的油漆工，他为人很干练，对上面指令言听计从，对下属发话时，比我还权威，似乎是一个领军人物。但几个工程后，有人悄悄告诉我，他带队在外时，手脚很大，而且损公肥私。就在公司财务对施工队加强经济管理时，他不满地走了。第二任是第一任的副手，顺理成章地接了班。他外形颇为实在，加上是本地人，与队员熟，好配合。谁知他领队了一年多，就和公司的一个推销员私下勾结上了，背着我购了一台划线机，那个推销员用公司的费用接到工程后，他们就悄悄在外面做。东窗事发后，他"光明正大"地做另一个施工队的队长去了。这时，我想到了小潘，决定把他推上施工队长的位置。

小潘嘴拙，又是外地人，对这个位置有些发怵。我鼓励他，让他放心干，干一段时间就顺了。每次施工队外出，我都要召开动员会，一再强调，一定要服从小潘的指挥，如果谁因此影响了工作，严厉处罚。刚开始，小潘还常到我这儿来诉苦，我就指点他该如何如何。一段时间后，小潘渐渐进入了角色，开始亮着嗓子发话，给队员们撒着两三元一包的烟。有时施工回来，说队员们如何"辛苦了"，是否"意思一下"，我说"行啊"。

小潘在他哥哥结了婚之后，也于当年的冬天进了洞房。有意思的是，高高大大的兄弟俩娶的老婆都是小小巧巧的，只是小潘的老婆小云要显得朴实很多，满身的乡土气息。我把她安排在公司的生产车间，与小潘一内一外，颇为相得。第二年，小潘就得了一个儿子，高兴得不得了，取名潘安。小潘安有着与他父亲一般的卡通式的大眼睛，特逗人喜爱，我这个不爱与小孩厮混的人，也常忍不住把他抱起来。公司有间四十多平方米的杂物房，收拾干净后，装上空调，小潘全家就住在里面，条件虽不是很好，但上下和睦，倒也其乐融融。刚过三十的小潘竟胖了起来，由一个英俊的大小伙子变成了一个不小的大胖子，腆着肚子。然而，奇怪的是，这丝毫没有影响他的工作，反而带来了意外的便利，推划线车时，他用肚子拱着就可前行，双手从容地做着其他事。

我的这个小公司虽说只有二十来号人，平时工作颇似游击队，但严格按照国家规定实行双休日，况且，我也并非真的想做资本家，工人的闲暇多得很。潘二到苏州后，大概混得不错，小潘两口子常带着儿子，趁双休日到苏州看兄嫂，每次还能带些礼品回来。而小云的衣着也渐渐鲜亮了起来，头发烫成了卷式。她也开始在公开场合与小潘斗嘴，而不像以前只会私下生闷气。终于一次，两口子吵大了，闹得公司上下都知道：小云要像嫂子那样，买一款带数码摄像的手机。那时这款手机要三千多元，小潘不答应，说没钱。从此，小潘不愿往苏州跑了。从与小潘的闲聊中，我大概知道了一些潘二的情况：潘二先在苏州一家安装公司干了一段时间，摸熟了

寓言与迷宫

其中套路后,便自立门户,组织了一帮六安老家的哥们,也成立了一个公司。潘二有业务就接,往往是以最低的价格"抢"过来。他的手头自然缺乏资金,就利用以前在老公司接上的关系路子,赊欠了大量的材料款,都是满口答应一个月内结清。但到了一个月,半年,一年,潘二也没有钱给,总是对催款人赔着笑脸:"就下个月!就下个月!"终于,债主等得不耐烦了,雇了黑社会的人,挑断了潘二左脚的一根筋。挑筋的时候,潘二没有反抗,而是大笑着接受,然后一拐一拐地走着路,放出狠话:"过去的事已两清。谁再来找我的麻烦,我就要了他的命!我们安徽帮也不是好惹的!"潘二由此掘得了第一桶金。

终于一天,小潘不安地走进我办公室,结结巴巴地说,他要到外面去一段时间,公司如有施工,他立即赶回来。一问情况,原来是他想到他哥哥的安装公司干临时铆焊,顺便看看情况。我便耐心劝说小潘:"兄弟间共事关系难处,尤其妯娌之间,日久必生矛盾,你是知道你嫂子的厉害的;再说,你已有了儿子,需要一个稳定的教育环境……"小潘不安了几天后,也就定了下来。当然,我也没有亏待小潘,给小潘的工资待遇虽比不上苏南,但在本地的外来打工者中,已属高薪,而且,小潘两口子的看病费用,儿子的上学费用,我都私下给解决了。虽然在预感上,我知道外省的小潘迟早要离开我,但我想把这个时间尽力推后些。

对一个人一旦形成最初的印象,便很难改变。小潘是朴实憨厚的,甚至我今天仍这样认为。但对一个人的最初印象,往往使我们忽略了他还有不为人注意的另一面。工作的间隙，我们喜欢在一起打牌，所有的人都喜欢与小潘打对家，因为他出牌不但精于计算，而且善于掩饰，似乎总能在关键时刻，击出一记重牌，令对手败下阵来。即使这时，他的脸上仍憨憨地笑着，只是露出一丝不易觉察的得意。

我对小潘的信任、重用，甚至引起了公司一些人的嫉妒，他们开始寻机会在我的面前数说小潘的不是，以及小潘有了贪小便宜的毛病。但我都是付之一笑，或许在潜意识中，我更警觉着这些精明的本地人，他们背叛的危险性以及带来的危害更大，而一个小公司是无法承受这样的背叛的。

进入21世纪后，小潘遭遇了一次施工事故，2003年10月，他带队在山东济宁施工时，被一辆无证无照违章驾驶的农用三卡撞晕了过去。接到电话，我心急火燎，立即驱车长途奔赴济宁人民医院。看到小潘躺在病床上，肿了小半边脸，不由一阵揪心。我随即与主治医师联系，请医院有关人员吃饭，请他们用最好的药治疗。至于那个肇事的农用三卡司机，据交警讲，根本就不能指望，只有两间茅草房，买车的债都还没有还呢。

住院治疗了半个月，小潘感觉好多了，便要求回家，说在这里多待一天，就多花一天的钱。我征求了主治医生的意见，在家里静养也好，让小云专门休假护理。

小潘刚从济宁回来时，潘二曾赶来看望。他倒没有发胖，脸上多了一种江湖中人的自信，左脚走起来有点颠晃，但不像传说中那么厉害。我向他解释了事情的经过,他握着我的手说:"大哥!让你辛苦了。"

然后,潘二要了济宁出院时的片子,找熟人到苏北医院看了一下,就还给了我。

"小潘的事就拜托你了!"

"我一直把小潘当作兄弟,你不是不知道的。"

潘二从包里掏出一叠钱:"我不在,麻烦你们给小潘补补身子。"

我忙推开:"我公司再小,这些钱还是掏得起的。"

潘二待了不到半天时间,就走了,显然他很忙。

到底是年轻人,恢复得快,三个月后,小潘各方面都已正常。我让小潘又继续休息了一段时间,还把保险公司赔偿的六千元医疗费当作压惊费补贴给了小潘,小云刚好用这笔钱买了一款带数码摄像的手机。

小潘的离去很突然。他伤好后,一直在公司里勤勉地完成着自己的工作,像往常一样。而我忙着开发一款新产品,与小潘的交流稀少了很多。那年冬天,离春节放假还有十来天,小潘突然来到我办公室,说要回老家看一下,他奶奶病危。当时,我正被年终资金拖欠问题弄得心烦意乱,说了一声"好吧",就让他走了。大年初四,小潘突然给我的手机发来一条短信:"今年不可能来干了。"我很诧异,忙发短信问:"为什么?是不是嫌待遇不好?有什么要求只管跟我说!"他回的还是那句短信。

一开始，我的感情上有点接受不了，回想了半天，不知是哪儿出了问题。巧合的是，年初八，公司的一位业务骨干也突然辞职，说要去广州做皮鞋生意，并对天发誓。我也就没怀疑什么，他与小潘的关系一直不好，年前还吵了一架，差点动手。天要下雨，娘要嫁人，随他们去吧！

过了一个多月时间，小潘突然来到我办公室，仍是一脸的憨笑，但明显有些不自在。我让他坐下，他便坐下，并熟练地扔过来一支烟，像许多上门谈业务的人一般。其实，小潘知道我不抽烟的。

"在哪儿高就？"我微笑着问他。

"在扬州市区，帮一个朋友开车。"小潘挪了挪沙发上的屁股。

"我还以为投奔你哥哥去了。"

"万一开车不行，就上我哥哥那儿去干。他今年在南京接了一个大工程。"

"是来要你们两口子的保险'红本'的吧！"我直截了当地问道。

"是。"小潘脸上的憨笑有些扭曲，不安地搓着手。

"按道理，你这样突然离开，违反了与公司的合同。"我叫人拿来小潘两口子的"红本本"，心情复杂地给了他。

小潘感到有些意外："老板，我知道，你对我们太好了！我对不起你！这两年，我回家过年，村里那些在外打工的，都是开着一辆一辆的小车回来的。我哥哥还开了一辆奥迪。可我……"

十年前，趁安徽阜阳施工后的机会，我曾去过小潘老家，穿过上百里尘土飞扬又窄又弯的土石山路,才能遥遥望到那满眼茅草房的村子。村里人把着施工装的工人看作天外来客一般的稀奇。然而,所谓此一时,彼一时。

真正让我有挫败之感的,是我不久得知,小潘与那个业务骨干,实际上就是共同投奔了扬州的另一家本来做标牌的公司,据说是给了一些技术股。小潘年前说他奶奶病危,其实是去上海改装施工设备,他奶奶的身体一直很好。

又过了一段日子,小潘突然托人给我递来信息,说如有可能还想回公司干。当时小云已去了广东打工,一个更开放、更有钱的地方。我想了一下,还是算了。我也曾是一个背叛者,虽然背叛的是一个体制,背叛者实际上是没有回头路的,只能硬着头皮走下去。

小潘仍住在我的附近,另租的房子。有时在路上碰到,他仍那么憨笑着,有些不自然地叫一声"老板"。他那上小学的儿子还是老远就脆生生地叫我"伯伯"。

我微笑回应着,没有丝毫的不自然。过去的一切已仿佛是另一个世界的故事。

第二辑 讽喻篇

采　薇

　　我为朋友们展示的这篇文字，是在首阳山深处的一块石壁上发现的，确证为伯夷、叔齐的日志——作为21世纪末的考古成就，它显然有着不同寻常的意味。发现的过程颇具戏剧性，诱因是几位院士级科学家的酒后放言，说是首阳山的内部可能含有一种金黄的稀有金属元素。无须号召，人类就以21世纪特有的速度，包围了这座巨大的山，各个方向的爆破声、机械的咬啮声昼夜不息，首阳山就像一座从南极拖到夏威夷阳光下的冰山，在以秒计算的时间中不断地坍塌。实际上，在它彻底消失之前，它的内部就已布满了鼹鼠一般的人类洞穴。据当时在场的人回忆，那真是一个奇妙的时刻，当工程合围到那块最后的石壁，随着一声惊天动地的大爆炸，石壁上经年缠结的古老藤蔓、覆盖的苔藓，以及逃难于其间的惶惶不可

寓言与迷宫

终日的狐兔们、虫蚁们,全都整齐地不见了,唯石壁却从硝烟中完整地站立出来,并露出上面那些奇怪的文字……但对于这一最新的考古成就,学界目前仍存在争议,有学者就尖锐地指出,伯夷、叔齐在缺少足够食物的奄奄一息的状态中,是不可能在石壁上从事如此工作的;但随即就有学者嘲笑他没有想象力,伯夷、叔齐隐藏深山的日子,并没有断绝与樵夫的往来,难道就不能请他们助之。显然,关于首阳山石壁上文字的争议、争议的争议,将会无穷尽地没有结局地繁殖下去。原文于今天的读者已难以卒读,我且试着译成今天的白话,以方便朋友们明鉴,或猎奇:

第一日。终于,我们决定离开。

我们只准备了一些简单的日常用品,出乎意料地顺利。人们的注意力,都被战争的喧嚣与血腥吸引去了——人类似乎有着一种天生的以苦难消解苦难的能力,而不论是何种性质的苦难。

(附注一下,我们之所以采用这种逐日登记的方式,是想计算究竟能离开多久。对此,我们并无把握。我们已届暮年。)

第二日。沿着一条向南的小路,我们蹒跚走着,遇着不绝的难民,惶然的逃兵,以及心不在焉的岗哨。连年的战争,已使他们麻木,他们的脸上,似罩了一层无以洗净的尘土。

第三日。小路渐渐模糊,为杂草侵蚀,一些带翅的昆虫不时惊出,攀爬于我们的衣襟与回忆之间。与它们的嬉戏中,首阳山的一抹绿色,前方的某个距离隐隐浮现——我们油然而生一种久违了的家园的感觉。

第四日。傍晚时分,我们终于踏进了首阳山。溪水潺潺,洒出山林,若清凉的渔网,将我们捕获。一块青石上,我们铺开床被,终于有了一个甜蜜的睡眠。

第五日。继续休息,吃几片干粮,恢复老年的疲劳,并重新开始我们中断了一些时日的交流、思考。

僻远的山林与绿色,真是绝佳的屏障,将战争,及传播的瘟疫,轻蔑地隔绝。每一种战争,都会高举堂皇的幌子;而每一道幌子的后面,都隐藏着贪欲的骚腥。战争,并不能消灭战争,只是启发着下一个轮回。

然而,我们亦无法为人类的这一痼疾寻到医术。我们唯有逃避,不断地走向深处。

第六日。山坡的斜度,突然拔起。樵夫的小径,变得迷离。我们一边走着,一边喘息,忆起昔日青壮的时光——自然,那时尚无法拥有今天的智慧。

打开包裹,发现粮食只可维持一天。我们真是老糊涂了。

第七日。没有前进,呆呆地坐着。

林木与荆棘的阴影,有了吞噬的意味。山风瑟瑟,仿

寓言与迷宫

佛回旋于一种迷宫,唯一的坐标,是我们头上的白发,草叶一般战栗。

第八日。上午,伯夷出去了,但空手回来;下午,叔齐出去了,仍空手回来。

第九日。饥饿的恍惚中,一些失踪的美好片断,不时闪出记忆深处。

考虑为日志收尾。

第十日。晨。一种唇间的甜蜜滋润,使我们醒来。眼前,垂挂着一只丰满的乳房,闪烁着透过林隙的金色光线。当消瘦的乳房移开,我们见到了一只美丽的花鹿,仿佛上古神话的再现。

傍晚,花鹿又来了,将复饱满的乳房送入我们的嘴唇。但这时,叔齐做了一件蠢事,他失态地伸出手去——他想起了久违的肉的滋味。

花鹿敏捷一跳,于树丛后消失。

叔齐醒来,痛悔不已。

但这里,我们要申辩的是,那伸出失态的手的,是我们的饥饿,而非真正的我们。真正的我们始终在追求着一种纯粹,是无辜的。

第十一日。花鹿没有来。但我们总算生长了一些力气。

我们决定向山林深处继续行进,为自己的失态赎罪。

或许，这一切于山下的世界并无意义，但至少，使我们又远离了它一段距离。

第十二日。衰老与疲劳，再次阻止我们前进。就在我们感觉一种尽头的疏脆时，遇见了它，或者说，它早就在那儿守候——薇菜，我们的命运与象征，在湿润的山坡，或岩石根部随意蔓延，仿佛片片紫色的霞曦。

它开始填充我们的胃与空虚，使我们的时间，闪烁露水的饱满。

第十三日。我们神秘地听到了体内一种植物绽芽的声音……

第十四日至二十日，我们每日都留出一段时间，来倾听体内这种植物生长的声音，并不断排空着"人"的成分。

第二十一日。透过松隙的光线，在岩石、苔藓，与我们的白发间游移，布洒着一种和谐。溪声、鸟鸣、虫吟，有若前生的回应。我们相扶着，一步一步地走向紫色的深处。

……

（译者注：由于年代古远，这一部分日志或缺失，或难以辨认。）

第三月的第一日。西风终于吹起，那些薇菜——紫色的霞曦，如它们出现时那样，又神秘地消失了。

寓言与迷宫

第三月的第二日。但一种透明已充盈我们的胃。我们的呼吸与血液,回旋着薇菜的气息。我们亦植物一般,不再迁移。

第三月的第三日。我们静静坐着,而手与笔,风中摇曳的树叶一般,记录这最后的奇妙时刻——让它随风消逝将是人类不可弥补的损失。

我们不再感到饥饿,不再惧怕死亡,感到自己进入了一个不会中断的循环之中。

傍晚时分,新月初上。我们的躯体忽然灯笼般敞亮,并终于见到了体内那生长完成的植物,一种全新的植物:它的叶片,有着薇的轮廓;但那色泽,纯粹的色泽——等一等,我们似乎已找到了它的命名……

(日志到此突然结束。)

樵　夫

我是一个樵夫,但由于一次偶然的仙境阅历,而改变了自己的时间。自然,人类都希望置身于永恒,哪怕是片刻也好,至少,他可以因此而坚定他飘忽的信仰,解除凡尘的痛苦。现在,我以我的阅历告诉人类,永恒的仙境无疑是奢望,但片刻的仙境却是可以拥有,你往往是在一种不经意之间,就跨越了进去。然而,从仙境的时间复归人类的时间,却有着一个巨大的落差,脆弱者很有可能因此瀑布般摔碎。但我相信,如果有心理准备,或许会使这瀑布的落差成为一种时间的惊险运动,为那些厌倦了漫漫尘世的人类带来某种刺激。因此,我愿意讲述自己的经历,以作为他们的某种参考。

其实并无任何预感,那个早晨,就像过去了的无数个早晨一般,我随便吃了点东西,便踏上了那条山路——自然,不会忘了携上那把祖传的斧子。这条山路是我与山民们经年累月地踏出来的,闭着眼睛也不会走错。它随着山势而上引,毫无规律地穿越于山石、杂草、林木之间,初次行走的人,或许会有一种神秘感。

虽然时辰已不早,但由于山嶂的遮蔽,旭日尚未降临。团团云雾,浮出青翠,仿佛淡淡的命运悬疑。我走近,它却消失了,但又调皮地于身后某个距离显现——与云雾的这种游戏,多少年月过去了,我从未厌倦。随着高度的提升,山风渐渐响了起来,并顺着山势倾泻山谷,引起一片瑟瑟声响与起伏的回声,似乎在搬迁什么。

过去的时间,于我是日复一日的单纯循环,且形成了一种惯性。但今天,走了一段山路后,我却有一种隐隐的失重感,仿佛那惯性把我引到某个位置后,便松了手。而前方的山路,在云雾的飘忽中,也似乎欲与日夜凭依的山岩分开。我不由按了按腰间的斧柄——硬邦邦的仍在,使我放心。

一片陡然横亘的葱绿,提示我将到达预定的高度,那儿有着最好的森林与木柴。但就在这时,我恍惚听到一声开裂,在前面的某个位置,如一根木柴被劈开。声音响了两下就平息了——后来我才知道,是自己于不知不觉中,推开了一扇门,进入了另一个时间。或许,在仙人眼里,各种层次的时间,能显出各种透明的色泽;而凡人的眼睛,却只能看见一种水样的透明。随后,我听到了四个童子的歌声,和着日光从松隙洒落,质地清纯,似来自鸟的肺腑。而四面的云雾,亦因升起的日光的折射,浮游着梦境般的虹彩。在过去的砍柴经验里,我从未到过这样的地方,但一切又似乎并不陌生,且有着一种过滤了尘杂之后的澄澈。我依然惯性中攀着步子——其实并没有踏着山石,而是一朵虹云浮着我上升。

于是,我见到了那棵传说中的松树,岩上郁郁升起,树干刻满时间的裂纹,却支撑着翠绿如新的浓荫,伫立于群峰之巅。松下,一白发白须的老者,与一黑发黑须的老者正凝神对弈。四位青衣童子分列两边,刚刚停住歌声。

棋子松果落石般响着,合着某种节奏。虽然,我并不精通棋法,但仍能认出这是一盘奇特的棋:白子如山风自由行走,黑子则如影相随。有时,白子似乎显得无路可走,但随着一个折弯,又现出一片新的天地——一对简单的元素,竟演绎出一种复杂的命运。

随着棋盘的渐渐布满,我隐隐看出白子走的是一条山路盘旋的轨迹。而如同山路的无法摆脱一侧的幽谷,黑色的轨迹亦紧紧相随,并有着吞噬的意味。但它们谁也没有能够困死谁,而只是相互纠缠着,似脱离了胜负的规则。当黑白轨迹终于运行到边缘的死角,显得无路可走时,突然,一片云雾飘来,并驻留于绝处,如它素日的驻留林木,山岩。这时,两位老者抬起头,向我微微一笑……我恍惚正要领悟什么,却听得当啷一声,斧头落石的声音将我惊醒——斧柄已在腰间朽烂。我孤零零地立在山路尽头的一处林中空地,四只青色的小鸟上空盘旋,发着童音一般的歌吟。而隐隐的落子声,仍在两个时间之间回响。

我衣衫褴褛,背上空空,没能像往日那般负上一捆柴,却感觉负荷了更多的东西。依旧还是那条山路,因云雾散去而格外清晰,但已罩了一层无以言说的陌生。许多熟悉的标志消失了,似乎从未存在,我陡生一种被遗弃的惧意。我匆匆赶往山下,想回到那些可靠的事物之间,确定自己存在的位置。然而,我呆住了,我的茅屋与围墙,已成了一堆残垣断壁,野草蔓生——原来人间百年时间已过。邻居的后人们好奇地围来,问我这个衣衫褴褛的流浪者从何处来,寻找谁?但我无法回答他们,我与他们之间被奇异地抽去了一段时间。

我已经无法适应这个世界,过去的影子始终随着脚步,我的一盘棋还没有结束。我以"烂柯人"的身份游移于这个世界,与寂寞相伴。但我仍是一个樵夫,固执的樵夫——我日夜地打磨着一把斧子,期待它能有永恒闪亮的刃,不会朽蚀的柄,它将劈出一条甬道,引我回去。

吕尚垂钓

世界对我的暮年，用一只无弯度的钩垂钓，有着多重猜测：政治家们认为我是在守候一位贤明的君王；诗人们认为我是在祈祷干涸已久的灵感；艺术家们认为这是一种大胆创意的行为艺术；村民们则认为这是一桩彻头彻尾的愚行——而实际上，我是在垂钓寂寞。

是的，在渭水的流动中，我发现了一种大寂寞。水边的一块石上，我独自坐着，向波光伸出一根钓竿，与那只在后人眼中如此著名的鱼钩——鱼钩之所以笔直，毫无弯度，只是为了便于传导水中的寂寞，并弃绝多余的引诱。

呼吸开始平缓，背后的世界，隐入一片虚白。我的身躯微微前倾，手心的钓竿隐隐传来渭水的脉动。而水青色的潮汐，水气中暗暗浮升，我恍惚在另一种时间中下潜。

突然，浮标抖动一下，仿佛一个苏醒的哈欠，我感到我的钩被一种巨大的力量咬住了，下游而去。它游动得如此从容、坚定，似在持续一种古老的惯性。

我中魔一般，坐在石上，如一个禅坐者，终于感到面壁的世界的绽开，而屏住呼吸。

或许，我钓住了一条渭水，但我的鱼篓，只能收藏暮年的寂寞。是否，该松开钓竿，让一切复归茫茫烟水。但我却不愿中断这偶然得之的联系，而渔人的本能般，不断松放贮存的钓线。

我在企图什么？得到一条唯一的渭水？然而，这水中游着无数的鱼，每一条鱼，都有着自己的渭水，一只钩，无以将它们同时触及。即使现在，咬住钩的，是哪一条鱼的渭水，我也不能清晰。如此，我所钓住的，就是一个虚幻——而这虚幻，仍在不断地下游而去。

这真是一种微妙的状态，似乎反而是我被一条河流与它的虚幻钓住了。

那溺入水中的，是谁的身影？白发，白须，白色的寂寞，倒坐于一块石上。他也在伸出钓线，并与我的钓线，在水面的某个点相接。奇妙的水性，有云的轻盈，却不能浮出水面；也不会沉沦，陷入水底淤泥。一缕水风掠过，便会扭曲，变形，然而，又总能复原，宁静的轮廓，粼粼波光间与我相互垂钓——仿佛我水中的一种蝉蜕。

水上游移的，还有一片我的水墨身影，来自背后太阳的投射。他有一种虚幻的沉，无论水波如何激荡，都不能触及它的阴郁。它的钓线，与我的钓线水面呈几何的垂直，而钓钩，却不受控制地坠去，探向渭水深处的寒冷、空寂。随着太阳的移动，这片阴郁之影伸展，退缩，犹疑，在变幻的波纹、水藻、淤泥间，无声泄露着我内部炼狱的隐秘。

　　是的，我的倒影与身影，也在垂钓，潜游于一层层渭水。如果渭水风平浪静，澄明透彻，我的倒影与身影甚至可从容游寻于莫测的河床——那么，是否可以说，我在另一种垂钓意义上拥有了渭水。

　　但我的肌肤却无法感受渭水深处的凉意。

　　渭水生风了，一切都在晃动不定，唯坐下之石，一种时间之锚，将我，与我的倒影、身影、晃动的渭水牵系。

　　渭水无言，不舍昼夜，流向视线外的天地。远方，可还有如我这般寂寞的钓者？如果我的钓线足够长，无限地长，放至终结，一条钓起的渭水会是什么？——一面巨大的冰块般立起的镜子，映着一个微小的白色寂寞？——我将如何面对？

　　突然，手臂一阵痉挛——钓线已放到了尽头。钩上的渭水一甩尾，于一朵浪花中弃我而去。而同时，远方的烽烟连绵而升，争吵声动地而来……

寓言与迷宫

彭　祖

活了八百岁的彭祖最终无可置疑地死了,但他的那封著名的《致后人的一封信》的遗书,他的后人却始终不肯公布于世。而屈原《天问》中咏彭祖的诗句"受寿永多夫何久长",更是吊足了人们的胃口:他为什么要惆怅?他已经活了八百多岁;难道他又发现了一个更为长寿,乃至通往永生的启示,但衰竭的躯体却已使他无法进一步实施?多少世纪以来,一代又一代的人类试图获得那封遗书,以及那臆想中的启示,但无一不是以失败而告终——彭祖的后人把这封遗书看守得如此之严密,如看守着整个家族的荣誉。然而,到了今天,一切都变了,21世纪上半叶的一个日子,彭祖的第八百代孙子在市中心的拍卖大厅,亮出了那封遗书,卖出了天价。至于拍卖的理由,彭祖的这位后人对着媒体一再强调说,这是一个民主的时代、平面的时代、透明的时代，有必要将先人从神秘的云雾中解脱出来。但据了解内幕的人私下透露，实际情况并非如此，彭祖的这位后代正被当代名模莎莎小姐缠得没有办法，她要定制一辆最新款式的奔驰豪车，要拥有一幢黄金地段的豪华别墅……购买遗书的，是一位来自京城的身价过亿的豪富。但第二天，他又把这封彭祖的《致后人的一封信》，半价转卖给了一家全球性的华文晚报，盛况一时。遗书的内容出乎大多人的意料或期待，现转录如下：

  我已活得太久了，八百岁的寿限，成了愈来愈沉的蜗壳。前方是未知——后方是忘川，我所能感知的，仍是这之间短促的一段，而且在日趋苍白、虚幻。当初，我所祈祷的，只是驻留一段美好的时间、一碗精心的野鸡汤、一些人间调料，竟使得天帝如此开心，赐予了我一个名额有限的长寿指标。从此，我的时间便与人类的大河分流，潜入了幽深的岩层，地下水一般沥沥渗透。

  然而，我仅仅高兴了片刻。那沥沥渗透的，只是肉体衰老的节奏，我的思维、智慧，并未得到相应改观——这是我还能给后人留信的缘由。是的，我被抛入了两种时间的撕扯，如一个车裂刑架上的受刑者，被两个方向的力扯开，却又并不马上了结。唉！都说草木无情，其实，那是一种真正的智慧，既不理睬人类的多情，也不接受神的诱引，它们每一棵都怡然风中，自在于自己的节律。

然而，我已没有权利再做一次选择，那使生命充满魅力的无限偶然，在这里，只有一个必然，一个时间坐标上被动的缓缓移动的点，什么也不能触及。当我渴求的目光，投向人类的活动，便立即引起剧烈的晕眩、不适。上空的飞禽，身边的走兽，亦没有了昔日的象征意味，而只是一些蜉蝣般的舞飞。我只得百无聊赖地把目光逡巡于自己褶皱的皮肤、枯干的血脉之间，直至它们使我生厌。更多的时候，我干脆闭了眼，将自己封闭于幽暗的生存洞穴。

请后人切记，凡人不应奢望神的福祉。那个不堪的位置，他不仅痛苦于神的时间与人的时间的撕扯，亦是为它们共同遗弃。他的上方，天帝并没有提升他的灵魂抵达天堂；他的身边，人类的时间潮水般汹涌而去。确实，我倚在树下，仅打了个盹，人间就过去了十多年，但这又有什么意义？没有丝毫的心理准备，家园就坍塌成了废墟，好奇的陌生人群围了过来⋯⋯

更为沮丧的，是我那凡人的欲望，并未随入漫长的冬眠。虽然，我闭着眼，将自己封闭于幽暗的洞穴，那愚蠢的欲望却于不知不觉中，酿成了熔岩的骚动。有时，一个长长的睡眠之后，我积蓄些体力，可以撩起片刻眼帘，却偏偏从葱郁的草地那边，走来一窈窕身影，仿佛遗失已久的情恋，逃逸出时间的缝隙，隔世相约。我的心不禁狂跳起来，如绿野奔跑的少年时，然而，这具僵而不死的躯体，只是微微颤抖一下，落下几缕灰尘，仍泥塑般待在原位——它已不能接受这颗跳跃的心的召唤。其实，接受了又能如何？向着那幻影的踉跄移动中，得到的只能是嘲弄、羞辱。我嘶嘶喘着气，心在滴血。

我没有一位可言者，成了孤独的隐喻。陌路的儿孙们一代代死去，芸芸众生中，却又不绝地涌来虔诚的崇拜者，匍匐膝前。我闭着眼，故作雕像的庄严，其实是衰朽乏力，羞惭难言。我能赐予什么？如果可以，我愿与他们之中的任一个交换位置。一碗野鸡汤，我可以收回，何须如此之多的调味。它本应留与终日劳碌的伙伴们分食，充饥——我们一同走向露水闪烁的森林深处，去一次次搏击命运，品尝死亡时刻伴随的刺激、甘美。

现在，我的生存成了时间的附庸、灰烬，甚至丧失了普通生命的选择能力——自杀的能力，以逃避时间的羞辱、幻灭。我蜗牛般爬行在漫长的虚妄，如一个绝望的失眠者，祈祷着酣美的梦乡——那最终的大限。

奔　月

一则从未来时间中传递来的好消息：公元22世纪的一天，中国的三位月球探险爱好者在月球中部的荒漠深处，掘出一块石碑，上面密密麻麻的文字，明显地可以看出与甲骨文的亲缘关系。闻讯赶来的专家学者们以异乎寻常的速度考证出，石碑是嫦娥所立，是留给期待的羿的标志。虽然碑文中有关嫦娥与羿的家庭纠葛及细节的缺乏，给大众的窥探欲留下了无限遗憾，但于专家学者们，尤其政治家们来说，这些文字已经足够了，足以作为他们事业的一个划时代的开始。政府发言人更是在新闻发布会上明确指出，在日趋激烈的月球宗主权的争吵中，这块碑文无疑是一枚具有决定性的筹码。但我认为，对于穿越了如此漫长时间的碑文而言，这些终究只是过眼烟云。我且从中选出部分文字，以飨那些有着精致趣味的读者：

　　……

　　终于守到黄昏，我服下那副灵药，慌乱中，竟未及品味。羿还在荒野游荡，沉溺于失去目标的空虚。给他的最后一锅粥，炉上沸着气泡，熬着喘息不已的时间。当黄昏燃烧的灰烬，与窗口蒸发的水气瑟瑟应和时，我的身体开始失重，而视线不自觉地仰起。

　　西天的霞色，尚余一息，整部的天空，显示出蓝宝石的光辉，神秘、宁静，似乎时间正从这一刻开始。而一轮圆月自东方悄然而生，盘桓于门前桂树的枝丫，似在守候一个约定。犹豫了片刻，我试着脚尖轻轻一弹，身体居然离开了泥土，像一片鸽子的羽毛，略带回旋的风中轻盈浮起——对未知的担忧、恐惧，亦随之一扫而净。是的，我终于挣脱了炎热的时间、令女性烦恼不已的皱纹，及衰老的来临。

　　衣裙上的灰尘抖落干净，替代以夕光的闪烁，仿佛一种清凉的火焰，燃烧着肉体的成分，并助推我不断上升。裙带飘忽着，掠过门前那棵高大的桂树，使它的枝叶，与无数盘桓其间的青葱岁月，发出轻微的叹息。

　　故园在远去，随上升的距离，渐与大地的绿意融为蒙蒙一片。那曾居住无数爱的时光的小茅屋，则缩小为一点

寓言与迷宫

黄斑，仿佛随时会被偶然的力量抹去。想起羿，我一阵心酸，昔日的情爱、争吵、猜疑，本想以自己的辞别做一个了结，不料藕断而丝连着，随往另一世界。羿那十个太阳一般围着大地，炙烤着我的爱从未消失，只是由于我的难以承受，转而折磨他自己。我能感到羿的干旱、荒瘠，但我太脆弱了，没有能力理解，并包容这一片时而风暴骤起的炎热世界。即使此时，我仍担心他的箭矢，那非凡的人间之力。我的衣裙，须尽快升入半空的云翳。

恍惚中，不觉进入一片霜白的空间，有着前世或来生的澄澈。是月光，从它的峰巅倾泻下来了，沁凉沁凉的，仿佛自儿时井床的漫溢。我不由俯首故园，那下泻的月光，却由于无数微尘的折射，由澄澈化为雾蒙蒙的暧昧，迷离。唯自己孤单的身影，如一条幽幽隧道，半空引下，固执地潜入月雾隐匿的人间。羿是再也见不到我了，缺失的伤感，却又无由排遣地缠绕，单薄的躯体如枯叶一般，天风中徘徊，盘旋，往昔人间的生活场景，月光之屏历历闪现。

但我没有返程的药，且上升的途中，如果药效到时，我便会如失控的流星一般坠入虚无。天风中的一个翻身之后，我整理好凌乱的裙带，以一种孤寂而美丽的姿势，继续上升。过去的一切再也不会回来了。

由大地的炎热，进入高空的清寒，飘忽的衣裙，显得影子似的薄单，只适宜与寂寞蹁跹，与月光中的云片相斗婵娟。我不禁咳嗽两声，但声音随即被虚空吸收，没有一丝回声。深蓝的天壁，那么遥远，消解着所有抵达的努力。唯一轮明月，上方愈来愈大，似广博的天宇属于我的唯一。然而，它已非人间远视时的纯粹，银色的闪耀中，正现出愈来愈多的纹络、阴影。而下方，远离的故园，却渐由月雾中蜕出，一圆纯净的蓝色，美丽得令人欲泪。

  剧烈的颠晃，提醒药力已到末期，空气愈加稀薄。我冷静地摆动裙带，以控制上升的方位，荒漠、石头、干涸的河床……月亮的纹络里逐次呈现，直至完全排斥了银色的光晕。药力失效的一瞬，我终于着陆，但没有期待的惊喜，就像惊梦后的一睁眼，梦中的方位，被另一世界做了修正。

  我的躯体又恢复了重量，但已属于月球的引力。触目所见，是无边的荒凉，但似乎并不陌生——或许，这就是世界的本质。新的一页空白中，我将按自己的意愿，种植所向往的色彩，自然，少不了一株桂树，如昔日的位置。它的荫凉下，我将伫望那颗遥远的有着梦幻一般蓝色的星球，好像从未离开与羿相伴的岁月，抱怨着：怎么这么久了，他还狩猎未归！

  ……

寓言与迷宫

　　我为朋友们所节选的嫦娥碑文,到这儿结束。至于碑文所记述的嫦娥如何面对新的生存的挑战,羿有没有设法追随过来,以及他们最终又如何选择了星宇间的下一个去向,有兴趣的读者不妨登陆未来网站搜索。

紫金文库

补　天

公元2111年1月1日，天又一次崩漏了。母性的本能，使女娲从她漫长的睡眠中惊醒——但这一次，她的补天工程失败了。寻替罪羊，转嫁视线，是人类惯于玩弄的法术。下面的文字，是女娲在人类事后追究事故责任的法庭上的部分辩护词：

……

是的，就当我沉酣于这漫长的睡眠，甚至连寥寥的梦都已被时间风蚀得模糊不清的时候，突然，隐隐听到了一连串异乎寻常的惊雷声，接着，有蛮荒的寒冷袭来，且愈来愈猛烈。这寒冷是我曾熟悉的，它具有极强的穿透力，无坚不摧，人类根本不可能具有对付它的能力。天地初创时，我曾与它有过一场七天七夜的生死搏斗，才将它驱逐到天外，将天的崩漏处补好。但我亦由此精疲力竭，进入漫长的睡眠。

母性的本能，使我惊醒。我支撑起同样已被风蚀得变形的躯体，上面落满了黑色烟尘——一种人类制造的终结象征，我终于看到，曾经补天的一角，几块石形的伤口复出现，并正倾泻着天外黑色的寒冷与虚无——人类制造的黑色烟尘的腐蚀性回应。

这个世界已如此陌生。记忆中充塞天地的绿色，为一种贪婪啮食净尽，土黄或土灰的背景上，摆设着一簇簇蚁巢——人类自以为是的文明结晶：城市。在这个蚁巢之中，人类疯狂地追逐享乐，追逐无度的欲望与消费，他们似乎不知道，或装作不知道，这一切无不是建筑在人类对天地万物的疯狂掠夺之上。而这于他们蜉蝣般的生存，根本没有丝毫的改进。

但我还是支撑起虚弱的躯体，向着天的崩漏移去。刚刚跨越了几个山头，我便喘息起来。从一个山头到另一个山头，直至掠过看不见尽头的群山，在往昔的时光，就如同舞蹈一般的轻盈。而现在，我每迈出一步，身体便歪斜一下，仿佛随时会倒向幽深的山谷。而远古巨木们的消失，更使我连一根拐杖都无法寻到。我那烟灰色、到处是褶皱的巨大身躯，蠕动于山峦之上，恐怕会使习惯了卡通画的人类认为是一种天外怪客。所以，我的行走，尽量避开人类，避开这些我的创造物——实际上，我看现在的他们，也已是如此陌生、不适。

一路上，光秃的山岭、尖锐的石头，刺得我的脚心生疼，渗出斑斑血迹——然而，我很高兴，这证明我的血液仍还丰盈。但我的高兴很快中止了，因为干渴的我竟寻不到必要的水源，来补充血液的流失。所有的河流都干涸了，群峰间缭绕着一丝丝蜗牛般的痕迹，提示着曾经丰沛的流动。途中，我侥幸地遇一汪湖水，勉强喝了两口，就呕吐了。混浊泛黑的涟漪，散发出各类腐蚀性的化学异味——这哪儿还是昔日当作梳妆明镜的水。我不知道体内残存的能量，还能否支撑到补天的位置。

另一个意料不到的局面，是沿途已收集不到一块可用于补天的石头。所有的石头，都被人类汲去了有价值的金属，而变得骨质疏松，不堪一击。我只得鼓起勇气，就着昏暗的光线，走进人类的蚁巢，小心翼翼地说明来意，像一个乞丐一般。一阵关闭门窗的声响之后，他们中的一位勇者，瞪圆红红的眼睛，举起一根有着幽幽洞口的棍子，对着我放出"砰"的一声。我感到身体的某处传来一阵剧疼，仿佛被毒虫蜇了一下。但我的心更痛。

是的，人类早已忘却了他们的母亲，就如同他们忘却了野花的芳香，忘却了鱼儿的自在。他们的自私、贪婪，

寓言与迷宫

使他们成为天地间一种荒诞的存在。但我还是挺住了,喃喃自语着安慰自己,但脚步已是如此机械,麻木。我只剩下母性的本能,想着以自己的躯体,扑向天的崩漏处。

然而,这依然是一个绝望,我的躯体已被时间风蚀得如此不堪,以至于一个小小的跳跃,都会使骨骼发出可怕的脆裂……我终于站立于自己的尽头,世界的边缘,若一尊颓败的雕像,无声地对峙着天的崩漏,以及那不断拓展的黑色的虚无与寒冷:或许,这就是末日。

但我居然有了一种了结的轻松,仿佛置身另一空间,漠然注视着黑色的洪水,噩梦一般淹没着一簇簇蚁巢的城市……然而,不可思议的现象出现了,没有呼救声,没有漂浮的溺死者,无边的黑色笼罩里,甲虫般的汽车照样奔爬,交易、争吵照样进行,舞厅、电视、网络,所有的娱乐照样疯狂,只是加快了节奏……它们正如此和谐地一同潜往黑色的深处。莫非,是天外黑色的寒冷、虚无,在与人类躯体内的黑色基因,相互呼应了无数的岁月之后,终于成功地汇流?

在今天的这个法庭上,我要赞美我的后代,你们已"进化"得如此莫测,甚至为魔鬼所不及。但我同时要痛斥你们的虚伪,既已入地狱,还要什么"人"的名誉。难道还要我衰朽的躯体,承担起你们堕落的理由。大地与时间,正加速倾斜,抖落一切不适宜之物,自然,我也在其中。天地的黑暗中，人类的霓虹世界独自浮动，一个冒牌的星空，既不指示什么，也不填充什么，只是一种欲望的闪烁。我唯一的遗憾，是不能再回到那古老而甜蜜的睡眠中去了——那睡眠中将充塞着一个母亲无穷无尽的噩梦。
……

至于对女娲的最终判决，直到现在还没有从那个并不遥远的未来时间中传来。或许，法庭在宣布暂时的休庭后，竟集体地遗忘了这桩案件。

寓言与迷宫

钻木取火

公元21世纪末的一天，某探险队从地球上仅存的一片原始森林归来，出乎意料地带回了一封燧人的信。燧人没有死！他还活着！虽然这封信并没有从正沉溺于娱乐或躲避于娱乐的大众中得到期许的回响——许多晚报只是在右下角的位置发了一则短消息，与明星丑闻、奇闻逸事排在一版——但在少数的文人学者之中，这封信还是引起了久违的激动，他们纷纷从蛰居中欠身。信的内容跨度颇长，文字如下：

一个偶然的游戏中，我改变了时间的性质。
那时，天地未分，世界一片黑暗混沌。不要说四季昼夜，人类连明暗的意识都尚未诞生，他们如混沌之水的藻物，相互摸索、纠缠，盲目地浮游。或许是变异，我生就一双夜之眼，能够直视事物的本质。我一直在黑暗中漫游，告诉人类他们所不能见到的一切，使他们沉溺于黑暗的时间有所期待，能够忍受。

至今，我仍难以言明，那究竟是一种必然的相遇，还是神祇们的一个赌注，置于人类的诱引——在这漫游的途中，我遇见了燧木。这真是一棵奇特的火树，立于荒野，枝叶皆赭色，盘曲万顷，仿佛来自地下喷薄的熔岩。而尤令我着迷的，是它的繁密的果实，随一种节律不停地闪烁。几只黑鸟，以喙点啄枝叶，便有火星飞出——于是，黑鸟以火星洗濯羽毛，使之轻盈、透明。

我不由童心盎然，折一小枝，扯去包皮与露水，枝骨探出，有如鸟喙，对着燧木的树干钻将起来。燧木愉快地呻吟着，从敞开的伤口生出缕缕青烟，就在时间变得恍惚的瞬间，一粒火星溅出，接着，又是一粒……直至一舌小火苗，小枝上冉冉升起，晃着纯金的色泽：这是人类——自然，我在本质上也属于人类——制造的第一个颜色，也是他们迄今最为珍贵的颜色。

四面响起欢呼——人类纷纷逃出黑暗的混沌，揉着酸涩的眼睛，小火苗婴孩的纯净，洗礼着他们的迷离。他们无师自通地围着金色的小火苗，踏歌起舞，庆祝这第一个早晨，凌乱的影子，在大地书写着奔放、恣意。幽深的森

寓言与迷宫

林边缘,有人类开始构思神话。

那时的我,是多么欣慰,看着我的小火苗,在人类之间相互传递,点燃更多的小火苗。曾属于燧木果实的闪烁,有如爆炸的星空般荒野次第展开。受惊的野兽们,或归驯,或远遁。有小火苗的地方,有了朋友、家庭、族群,有了生活的气味,有了一首首的歌与回声。

今天的人类,已走得很远,远得只见陌生的背影。但我仍要感激人类相伴的最初历程,给予了小火苗如此多姿的摇曳。为了避开荒野的风,人类小心翼翼地合着手心,护着小火苗,如护着自己的生命。当人类敞亮的智慧,从大地提炼出纸片、玻璃、水晶……摇曳的小火苗更有了透明的护帏。她是那么开心,如金色的小新娘,端坐于其中远行。

或许是天性,人类喜好玩弄光影。最初的游戏,他们今天还会,组合灵活的手指,借一束光线,在墙壁投影出吠犬、鸟翼,或伶人的滑稽。更为多彩的游戏,随后联袂发现,各类透明的材质,描上有趣的图案,填上各种色彩,罩隐的小火苗,瞬时幻成多彩的光线,在路的两边、在草叶、在水波,投射出迷人的幻影……人类前行的脚步,开始缓慢下来,徘徊起来。

终于,在某个路口,人类突然中了魔咒一般,离开围聚小火苗时的温馨,四散而去,在庙宇、在舞厅、在官场、在超大屏幕、在红灯区、在钱币、在无所不在的广告与谎言中,追逐自己制造的幻影。为了使幻影呈几何级繁殖,人类将小火苗弃置一边,引入煤、石油,乃至核裂变,不断制作出欲望的幻影大片,如一串串泡沫,浮向虚幻的天庭。

或许,这样也好,我与我的小火苗,免除了被现代世界的光与幻影包围的羞辱。我们就这般相互厮守着,在世界寂寞的一隅。那棵唯一的早已被人类认为死亡了的燧木,仍苍劲地活着,立于古老时间的轴心,只是闪烁的果实零落了许多。我每日的工作,仍是黑暗中钻火——无论这黑暗,是来自乌云的遮蔽、地球的阴影,还是不时袭来的对人类的幻灭。这真是一种愉快的惯性,小枝在旋钻——一种古老的书写,小火苗旭日般闪烁、熄灭,再闪烁……一个光明与黑暗,诞生与死亡,交织不息的时间,将我的身影播散远方,复与远方光影中,狂欢而迷乱的人类链接。

我一边钻火,一边叹息。

第三辑 新寓言

紫金文库

空中楼阁

从前有一位工匠，一心一意想造一座空中楼阁。

根据字面的要求，他先建了一座楼阁，然后，用四根木柱把楼阁支撑到空中。轮廓初定，他便考虑如何使这四根柱子从公众的视线中消失。他的思路是这样的，用斧子等一套工具，把木柱削细，再削细，直至接近无限的细微——木柱便会从视线中消失，或者说隐去了。

但尚未等到木柱接近无限的细微，楼阁便倾覆下来——因为楼阁的重量并未同时趋向无限的细微，压折了正细微中的木柱，工匠因为过于关注目标，忽略了这一常识。于是，他不得不又绞尽脑汁地寻找这样一个能趋于无限细微，又不改变支撑力的材料，他甚至乞求起了炼金术，试图从地球无限多的物质之中，化合出这样一个神奇的材料。他的院子里堆满了采集来的矿石，终日火光熊熊，熏得左邻右舍怨气冲天。

眼看师傅濒临绝境，徒弟灵机一动：何不把那座楼阁置于一块巨大的、有着足够高度的透明玻璃上，这样，至少在视觉上，公众会承认这座空中楼阁的。

焦头烂额的工匠感到这是一个挽回面子的好主意，他立刻动手，居然真的弄来了这样一块玻璃。然后，他用起吊设备将楼阁搬迁到玻璃上，并在周围拉上铁丝网，立牌警示：谁擅越此网，便触犯了空中楼阁的第一条戒律。

一位过路的智者看到这块牌子，哈哈大笑：

"楼阁放在一块玻璃上与放在一块石头上有何区别？放在一块石头上与放在另一座房屋上又有何区别？只要公众认为这玻璃、石头、房屋不存在，空中楼阁就成立。如果公众不愿意承认你的空中楼阁，你就是真的把楼阁悬在空中，他们也只会把这看作某种魔术。再说，楼阁下面的空气，与船下面的流水，以及现在你这座楼阁下面的玻璃，难道不都是一种支撑物质？别煞费苦心了，去吧，去更多的地方，建造你的更多的空中楼阁，随便把楼阁放在任何的物体上，只要向公众反复宣传：那物体根本不存在，只是一种幻觉。他们很快就会看不见的，就像在睡眠中感觉不到自己的肉体一般。"

工匠茅塞顿开——但他并没有按照智者的话去做，而是反了过来，在大地上建造了无数辉煌的庙宇，然后，反复地向公众描绘着庙宇上空的美丽楼阁，如何四季如春，居住着永生的灵魂和幸福。

人们欢呼着，追随着，从四面八方拥来——

这位工匠成了一位先知。

寓言与迷宫

中天台

　　魏王的孙子一直以为垒筑中天台是一个绝妙的主意。中天台那高耸入云的形象，无疑具有极大的象征意义——其时，魏国的国运已江河日下，急需这样一个象征来振作士气。

　　当时，天与地的距离是 15000 千里，——还未曾如今天这般远离人类而去，那么，中天台的高度就应该是 7500 里。宫廷工程师经过精密计算，并引进国外最新理论论证，发现台基面积只需魏国国土的二分之一，而非误传的那样，须以整个国家作为台基。

　　魏王的孙子坚定了信心。他登基的当天，即把国号改为中天，并立即着手中天台这一浩大的工程。中天台的台基是一个圆，圆心应置于国家的中心部位。工程师和大臣们闭门策划了两天，喜剧性地发现，圆心就是国王临朝的宫殿。随后，工程部队以宫殿为圆心，用一个今人无法想象的巨大圆规，划出了一个面积占国土二分之一的台基，台基内的百姓必须在三日内，迁移到台基之外，凡身体尚能行动者，都必须立即加入工程的施工。然而，又一个难题随之出现了，而且几乎是不可克服的——国王的宫殿绝对不能因工程而随便迁移，它与中天台有着同样的象征意义。煞费苦心的工程师和大臣们，又闭门研究了两个月，终于拿出一个天才而完美的方案：当台柱垒到与王宫一般高时，立即在王宫的上面，再快速地建一个王官，从而使得王宫与中天台交替着，一同向着天庭挺进。

但中天台垒了约一米的高度，就被迫停了下来。因为台柱垒高一米，就意味着台柱外的另一半国土要刨低一米，而这些低洼的国土，一到雨天，便成了一片泽国，无论是苟延残喘的国民，还是艰难作业的民工，简直就是在泥沼里滚爬。对周边诸侯国的防洪任务，也随着工程的进展，愈来愈艰巨，因为魏国的国土本来就是一片洼地——这也是垒筑中天台的国家潜意识动力。而且，无论国王如何宣布、保证国库充实，贮粮足够全国吃30年，百姓中还是出现了对饥饿的恐慌。

终于，国王接受了现实，同时亦接受了一位最有智慧的大臣的建议：择良辰吉日，向世界宣布，中天台工程已经竣工。理由是充足的，朕即是天，中天台此时的高度刚好是国王身高的一半。全国上下一片欢呼，并一致举手通过了这个建议。同时，为了显示与民同乐的精神，国王颁令，让那些筑台的民众，披红戴花，搬迁到中天台上居住。

寓言与迷宫

长绳系日

从前有一个皇帝，一直痴迷于长绳系日的传说，以至于寝食难安——他想用一根绳子把日拽到皇宫，因为上面满溢着金水。

经过内阁大臣的一番筹划，他下令征集全国的能工巧匠，打造一架抵日的云梯。这架云梯自然是由无数更小的云梯叠加而成，而每打造一架小云梯，至少需一棵40米高的大树，仅此先期工程，便几乎伐光了全国的森林。一个良辰吉日，当日抵达皇宫正午的上空，掌旗的太监一声令下，工匠们便瞄准日头，迅速开始了叠加云梯的工作。虽然那时的天不算高，蓝晶晶的有一种伸手可触的感觉，但当这架云梯垒叠到日的高度时，日已向西偏移了约三华里的路程。爬梯子的太监只得把两百斤重的用于系日的绳子，又气喘吁吁地背了回来，脚一落地，人便瘫了下来。

一直在中宫焦急等待的皇帝，又立刻下令征召全国最杰出的天文学家和算术家，经过三七二十一天的车轮式闭门计算，终于得出了云梯该何时垒叠，何时将与日相遇的精确时间。但当踌躇满志的太监爬到梯子的顶端时，却沮丧地发现，近处的日并非远视时那样的几乎静止，而是泥鳅一般地滑行着，根本不予系绳结扣的从容时间。而且，系绳时，斜出的身子难以保持平衡，一不小心，云梯和顶端的太监就像倒挂的钟摆一般，在空中晃荡起来——以至于胆战心惊的太监下意识地将手扶向日，烫了一手金黄的伤疤。

虽然这个金黄的伤疤更加刺激了皇帝的斗志，但全国上下仍是一筹莫展。

这一天，皇宫来了一个方士，自称刚从天河乘浮槎回来，为皇帝的精诚所感，遂献上一个方子："从理论上说，日首先是一种时间的象征。因此，如果控制了时间，也就控制了日。"

皇宫的密室里，方士诡秘地向皇帝和大臣们耳语着。皇帝和大臣们则似懂非懂地点着头，然后迫不及待地追问："怎么才能控制时间？"

"有办法，"方士站直身子，胸有成竹地说道，"皇上可下令全国所有的钟表同时停止运行，静止在正午的共同时刻，这样，日也就会随之固定在这一时刻——所有的问题，也就迎刃而解。"

显然，这是一项浩大而烦琐的工程，不亚于修筑万里长城，但皇帝的决心已定，不容动摇。首先，需要举办各级官员学习班，统一认识。然后，再由官员们组织无数个宣传队，深入千家万户做动

寓言与迷宫

员工作,并许诺成功后,每户可得一枚纯金日币。而违逆的后果,自然不言而喻。人们将信将疑地接受了这种说法,纷纷取下时钟,置于案前,准备听从号令。然而,这看似简单的关键一环,却意外地遇到了麻烦,由于钟表出自不同的厂家,质量参差,在向皇宫要求的时间进发前,步调就已先后不一了。"必须以同一步调,同一速度,抵达那个共同的时刻。否则,将会影响对日的控制效果。"这是方士一再关照的。

皇帝没有解决不了的问题,他立即指示,全国只留一家最大的国营钟表厂,其余的立即倒闭。

但问题似乎没有穷尽。例如,如何指导人们的具体操作,就十分令人头疼。指针指向的那个皇宫时间,精确率必须达到"亿分之一",而且这个精确率是大臣们与方士协商了三天之后,方士做了让步,才同意的指标。但民众中分布广泛的文盲,根本就不能理解"亿分之一"是个什么概念,对于如何进入这"亿分之一"的精确率,有如探入虎穴般的胆怯。倒是孩子们早已对大人们的这些失常举动好奇起来,把指针胡乱地拨个不停,造成更加混乱的局面。

当然,这一切都可以通过教育来解决,皇帝坚信——一夜之间,全国雨后春笋般地冒出了无数的速成大学,财力雄厚的,还从国外聘请了金黄头发的教授。

皇帝踌躇满志地等待着那一幸福时刻的来临——

但他没有想到,皇位的觊觎者们也同样在利用钟表,暗中进行着反叛的工作。他们只须一台时钟和简单的工具,便将皇宫的正午时间指向黑夜。

　　于是,直到现在,日仍在天上循时运行,皇帝的子孙们垂涎地望着。

寓言与迷宫

开天辟地

当代一位宇宙学家在他的最新著作中指出,盘古开天辟地的伟业,实际上是在一枚鸟蛋的内部完成的,而那把著名的劈开人类漫长混沌的斧子,显然就是鸟喙。

鸟曾经是人类的祖先,这一远古神话,与当今的科学推论不谋而合,立即在学界引起了轰动。然而,这位科学家又进一步认为,鸟蛋还可以成为研究人类,乃至宇宙的基本模型,从而探讨人类的终结去向。

"或许可以说,人类的时间并非无限的,但却是没有边界的,有如封闭的蛋壳。"这位科学家充满自信地展开他的文章,"无疑,蛋壳内的空间,就是目前人类所拥有的宇宙,人类目前的行为,就如同蚂蚁攀爬于蛋壳的内壁,尚无法,或不能进入蛋壳的外表,望另一个无垠的空间。然而，在远古的时代，人类是曾有过这种机缘的。那次，可能是某位神祇的好奇心，或偷窥欲，他把封闭人类的这枚蛋壳敲裂了一条缝，差点酿成一场大祸，幸亏女娲及时用五彩石补上。因为那时的人类——直至今天，都还处在孵化之中，受不得另一个世界的冷热动荡的。"

"当然，我们所想象的这另一个世界，又将为另一个更为巨大的蛋壳所封闭，并依次无穷地推理下去，构成无限的宇宙。"文章发展到这里，这位科学家突然转以调侃的口气，"从某种意义上说，实际上，每一个人都生活于自己的蛋壳之中，乃至一座城市，北京，巴黎，纽约……无论是黑暗笼罩，还是灯火通明，都无不囿于各自的蛋壳之中。现在，让我们进一步发展想象，进入一个更为迷人的突破：因为鸟蛋这一基本的宇宙模型，还解决了宇宙能量来源的这一不解之谜——这一不解之谜，使风靡当世的宇宙大爆炸学说，成为某种无根的神话故事。鸟蛋的形状，无疑最利于滚动，并于滚动中获得不竭的能量。这里，我们可以由此断言，宇宙的时间应是一种斜坡状的，从而使得鸟蛋无法停止滚动，并趋于永恒。在人类的一些封闭、朴素的地方，大人们常常把自己的孩子叫作铁蛋、狗蛋之类的，实际上就是在潜意识中暗暗契合着宇宙之原理，希望自己的孩子能在人生的斜坡上永远愉快地滚动。"

"然而，是否所有关于人类存在的问题就此解决了，不！"科学家严肃地话锋一转，"让我们回到主题，继续探讨人类在宇宙中的处境和去向——实际上，也就是最终从蛋壳的内壁，蜕到蛋壳的外表，接触一个辽阔的、更为开放的宇宙空间。现在，到了问题的关键，人类是否已经孵化成熟了，可以破壳了呢？这是个严峻的、关于是死还是活这样难以选择的问题。因为对于蛋壳内的雏鸟来说，过早地出壳，会被冻死；而过晚，又会被闷死。而且，比雏鸟出壳难度要求更高的是，人类并非把撑破的蛋壳往旁边一推完事，而是要小心翼翼地在壳上钻一个孔，然后，攀爬到壳的外部生存——如果这枚鸟蛋被不慎弄碎了，人类就成了宇宙中随风飘忽的尘埃。"

"现在看来，这枚鸟蛋还得请上帝来看护，"文章的最后，这位科学家突然皈依了宗教，"或许，在那儿——教堂，仍是孵化鸟蛋的最好地方。"

桃花源

当代有位学者认为,东晋诗人陶渊明的《桃花源记》,是一篇关于时间的寓言。

"关于'桃花源',一直存在着混乱的解释,"他在文章中写道,"有人认为是纯粹杜撰;有人认为是诗人服了某种麻醉剂之后的幻觉;但更多的人则相信实有其事,并已考证出就在某地,引得'桃花源'的爱好者们蜂拥而至。"

"而最后一种说法,尤为荒唐,亵渎原著。原著的关键部位,就是那个'小口','初极狭,才通人',根本就不是为旅游准备的——在本质上,《桃花源记》应是一篇关于时间的寓言。显然,在陶渊明的思维中,存在着两种时间,这两种时间相互邻依,打个形象的比方,就像两块磨坊的磨盘——我们尚不知它们欲研磨出什么，但已知它们是在绕着不同的轴，以不同的速度运转。现在，让我们以此为基础，进一步展开探讨，因为每一种时间，都试图向着无限伸展、扩张，这样，就必然地要在它的薄弱部位出现一些撕裂——时间并非无懈可击，它的诞生物，我们眼前的并不完美的世界便是明证。那么，可以想象，只要这两片邻依的时间磨盘不停地运转，就会有某个偶然时刻，两个磨盘上的裂口对接在了一起，形成文中的那个连通的'小口'——当然，只有坚信这个'小口'的存在，并耐心守望者，才有可能幸运地得之。《桃花源记》中的渔人，就是从这个'小口'，不自知地进入另一个时间的。而当他从另一个时间——桃花源——返回后，两片磨盘的运转，又将各自的裂口错开了，通道消失了，自然'不复得路'。"

"这位渔人是幸运的，"学者继续写道，"如果他再迟返一段时间，两片时间磨盘的继续转动，将会封闭他回来的'小口'——他将留在桃花源，生活于另一种时间之中。"

"而生活于另一种时间之中，并不意味着我们就见不到渔人的形体，"这篇文章此时到达它的精华部分，"因为所有的时间都是透明的——但我们所见到的渔人将是个疯子。当然，这里的'疯子'不含有任何贬义，它是人类的一种错觉。不同的时间，就像物理性能不同的透明物质，具有不同的折射率——当我们从空气中观察水里的游鱼，以为它在那里，实际上它并不在那里。"

"因此，桃花源中的所有人都是疯子，是被现行时间放逐或自愿放逐到另一个时间中的疯子——桃花源就在我们之中。"这篇文章以如此惊世骇俗的推论而收尾。

诗人的园林

从前有一位诗人，用木栅栏，在他的门前和屋后围出了许多大大小小的圈子。这位诗人相信，时间是一种类似水的东西，是可以挽留或贮存的。在每个圈子里，他还植了梅和竹，希望它们能重新塑造时间。每当远方的友人来访，他便领着他们参观这些大大小小的圈子，介绍一竿青竹摇曳的时间，或一树梅花绽放的时间。

除了睡眠和必要的劳作，诗人由一只白鹤相伴，在这些圈子之间徘徊，或静坐。他向友人解释道，这是在倾听时间：除了栅栏内的时间的泄漏声，还有不断新来的时间在圈子之间的穿行、迂回，乃至与先前时间的相互激荡。

"时间有时也会迷路的。"诗人笑着说。因为他所围的栅栏越来越多，几乎成了圈子的迷宫。"时而有来自不同方向的时间，围着我所坐的椅子，形成一个巨大的旋涡。我感受着它们强大的力量，几乎将我吞没——当然，最终，它们喘息着，在墙角的绿苔间消失。"

这位诗人从没有闭上居所的门，或者说，他的居所就没有门，一直向着八方的风敞着。诗人宣称，没有谁能盗走他的时间，而这，才是他的唯一财富。卧在床上，诗人听着四季的时间，在圈子的园林间，发出万千喧响，一波一波地拍击着他的床架。此时，他已敞开梦缘，就像农人渠边掘一小口，溪水汩汩流入……

当然，这片时间的园林最终还是荒芜了。因为这位诗人没有后嗣，他死后，唯一相伴的白鹤也随之不知去向，时间很快就显露了它的另一面——沙漠的特征。

痴人说梦

当代一位析梦专家认为，梦的来源，除了遗传的密码、过去的记忆、身体的健康状况之外，还与宇宙的一种神奇的"波"有关。这种"波"的运动方式，类似于物理学意义上的同名解释，但对它的准确定义"尚需时日"。

"人们所熟悉的弗洛伊德的析梦之路，前所未有地探入了人类的潜意识，它不断地下潜、下潜，最后，终于摸到了一把钥匙——人类的生殖器。"这位专家幽了弗洛伊德一默之后，随即强调，"如果说，弗洛伊德是内倾的，那我就是外向的。而且，我的研究，将为人类许多不可思议的天才的由来，提供有价值的启发。门捷列夫的元素周期表、爱因斯坦的相对论、超现实主义的诗歌等神明天启的现象，极有可能就是这种天外来'波'的激发。"

寓言与迷宫

"记得某个早晨,我尚沉浸于梦境,突然,梦中暴绽了一串耀眼的石榴红,并占据了整个梦屏。这石榴如此突兀,与前面的梦境毫无关联,我随即醒来——电话铃仍响着,是母亲的电话。显然,梦中绽放的石榴,即由此而引起。"专家以这个颇为玄妙的梦,诗人一般展开着他的更为玄妙的文章,"法国大诗人波德莱尔有一首著名的诗《应和》,可以说是整个现代派文学的主题曲。在这首诗中,波德莱尔形象地阐述了他的'应和'理论,认为世界是一座'神殿',充满了'森林'一般的暗示和象征,而诗人的职责,就是要找出事物之间,自然与人之间,以及不同感官之间的那种隐秘的、内在的、彼此呼应的联系。诗中有这样著名的诗句,'颜色,芳香,与声音相应和','有些芳香如新鲜的孩肌,宛转如清笛,青绿如草地',这些美妙的诗句,实际上亦是对我梦中的'石榴红'与母亲的'电话铃声'之间应和的最好注释。为了不断地获得这种'应和'灵感,白日入梦,有时,波德莱尔不得不求助于鸦片,自然,他亦为此付出了代价。"

在作了以上似乎不着边际的铺垫之后,这位专家突然换以坚定的口吻:"无疑,在我们梦的边缘,大脑的某个位置,存在着这样一架类似钢琴的'接收器',外部世界的万千音籁,在其琴键上,或肖邦一般轻柔,或李斯特一般激荡,弹奏出缤纷的色彩和梦幻世界——这架'接收器'的存在,使得波德莱尔的'应和理论'更易于理解,亦更具备了科学的探讨性。然而,在这个广大而神奇的世界上,显然还存在着许许多多的音籁,渺茫得不能为人类的耳朵捕捉，却能为这架梦缘的'接收器'所感应，以一种'波'的形式作用于我们的梦境，产生着神奇的'应和'效应。科学亦承认，直到今天，人类对自己大脑的探索，仍处于起始阶段，所以，对于这个'接收器'的神妙和能量，还只能凭借推测。既然宇宙间交织着如此之多的各式各样的'波'，而且绝大部分在人类所能控制的感觉器官之外，却偏偏能够为这架梦缘的'接收器'所承接、应和，这或许就是我们的许多梦境神秘而不可解的原因，打个不太恰当的比方，就如同原始人对当今的电视屏幕的不可思议。而且，由于运动，这些'波'又在宇宙空间相互冲击、干扰、闪灭不定，如一个顽童乱按电视遥控器，使得本就混乱的梦境变得更加毫无逻辑、匪夷所思。"

文章艰难地进展到这里，专家的思路复疏朗起来，"如果说，大西洋那边的一只蝶翼的扇动，能在大西洋这边引发一场飓风。那么，我们就有理由推断，引发我们奇异梦境的这种'波'，可以是来自地球大气层的某处空间，亦有可能来自太阳系、银河系的盛衰运行，甚至可能已穿越了无数亿光年，来自宇宙的边缘，天文学家都无法想象的宇宙边缘。"

"因此，在某种意义上说，"最后，这位专家以哲人的洞见说道，"宇宙之谜的解析，或许将有赖于人类之梦的破译。"

寓言与迷宫

瓮里醯鸡

　　我醉舞在一只酒瓮的世界里，一直无暇为自己的生存一辩。人类轻蔑地称我为"瓮里醯鸡"，甚至连孔子那样的圣人，亦认为我的世界狭小肤浅，不值一提。但他们为什么一举起酒杯，又会手舞足蹈地吟唱什么"壶里乾坤大"呢？人类真是一种矛盾的动物。现在，我想为我这瓮里的世界一辩，因为历经了漫长的进化，现代的人类终于可以一窥里面的神奇，尽管他们所能理解的，仍只是毛皮、局部，但我们之间至少有了对话的可能。

　　是的，在人类的尺寸概念里，一只酒瓮的空间，相比于他们所关注的那浩瀚无垠的宇宙，小得可忽略不计，像一个可随手抹去的斑点。但其实，在我的酒瓮里，亦有着同样闪烁的星宇，其深邃与启示毫不逊色，我时而为人类的不能领略而叹息。尽管他们凭借显微镜，已初步观察到一个微生物世界的奇妙，却无法真正置身心于其中。只有当人类在酒瓮边酩酊大醉的一刻，才于某条小径上偶然地交汇，领略了一个无比美妙的桃源的时间、空间。

要描述酒瓮里的神奇，实非语言所能触及，语言不能描述它的神奇的千分之一。且打个比方吧，如今人类所发现的最大神奇，是宇宙大爆炸学说，就是宇宙是由一个密度极大温度极高的太初之点演变而来，它是突然或偶然地发生爆炸，并经过不断地膨胀与繁衍而到达今天的状态。是的，也只有这无限神奇的星空的闪烁与演变，在某种程度上，可类比酒瓮里发生的瑰丽神奇。而且，酒瓮里所发生的一切，有着清晰的原初与终极，或许会给人类的宇宙大爆炸学说带来新的启迪。

当一个酵母进入瓮里的淀粉世界，便引起一场微型的宇宙爆炸，酵母的世界迅速地成倍地膨胀、扩张，并分解出一种葡萄糖，使平淡的瓮里世界变得甘甜——就像外面的另一个巨大的宇宙在膨爆中，偶然且必然地出现了生命。随着瓮里的一个，不，是成千上万的微型宇宙爆炸的进行，酵母将所分解的葡萄糖又升华为一种酒精——其意义可堪比地球上，终于出现了哺乳动物及人类。这里，我想强调的是，生命及人类的出现虽是奇迹，但绝不仅限于地球，目前，人类所能理解的宇宙是如此之小，在某种意义上，就如同他们曾笑话我是酒瓮里的一只小飞虫，而他们不过是地球，或太阳系这些更大些的酒瓮里的小虫子。与人类盲目自大的目光相反，我更欣赏微小的世界，在另一个无限的向度上，它们同样神奇、幽远、深不可测。你看，这瓮里的微生物们是多么单纯可爱，虽然在人类眼中，它们似乎不懂得性爱、泪水、争吵、诡计、自我吞噬，但它们并不因此感到遗憾，而自在于自己的生存乐趣。它们中的每一个单独地看，都似在辜无目的地游走、闪烁，但随着一道神奇的律令，它们突然整体地繁殖、爆发，就像夜空不断绽放的焰火，而这绽放的焰火的每一粒火星，又引起一个新的焰火的绽放……如此不断发展，使酒瓮里的世界呈现一种有限中的无限，一个绚丽无比的节日。

但愿我对酒瓮里的世界的表象描述，不仅仅是给人类的饮酒作乐提供了些肤浅的谈资。宇宙的爆炸与寂灭，乃至生命的过去与未来、起源与终极、轮回与超越，都可以从这酒瓮里得到某种领悟、启迪。当然，对于我——一个醉舞者的絮絮叨叨，人类亦不必过分认真，它缺乏严密的逻辑，只是乘兴而发，然后酒瓮里沉沉睡去。

庄周与髑髅

庄周是一个唯美主义者,尽管老朽得走路都摇摇晃晃,仍坚信自己是一只蝴蝶的梦。但自从那次到楚国的半路上,用马鞭敲了一下一只滚出的髑髅,就愈来愈觉得自己像一个髑髅的梦,乃至日常的举止,所著的文章,都无不透着髑髅的气息……为这个念头所纠缠的庄周,对一切兴趣索然,终日呆坐。游散的弟子们则三三两两,交头接耳。

不能再这样下去了,必须做一个了断。庄周匆匆套上那顶道士模样的帽子,取出马鞭,复又来到那片荒地。时已深秋,草木衰颓,枯丛间闪烁着数百粒各种姿态的髑髅,哪里还能辨认上次对话的那个。"早该做个标记。"庄周懊恼着,团团地寻找起来。

橐橐。庄周用马鞭敲一髑髅——

髑髅突然跳到半空:"娘希匹!老子正在召开联合国大会,谁如此大胆,冒犯本王?"

庄周忙闪到一边,马鞭敲向另一髑髅,橐橐——

却见得那髑髅把空洞的面部从泥土的方向慢慢转过来,恶狠狠地:"你侵犯人权,我要控告你!我好不容易像逮夏天的蚊子一般搂住了西施,滚开,别坏我好梦!"

橐橐橐——庄周有些急了,往前赶了几步,用马鞭敲一土丘下昂立的髑髅,这个髑髅似乎有些高贵的模样。

"冲啊!杀呀!"这个髑髅突然狂呼起来,"后退者,立斩!"

随着这声呐喊,周围竟有数十粒髑髅向着一个方向颤了一下。

庄周喘息着坐到一边,使劲回想着上次的遭遇。他想起那个髑髅眉骨缺了一角,塞着泥土,一条蚯蚓在黑洞洞的眼眶上耷拉着……他支撑着马鞭刚站起来,又颓然坐下。此时与上次的相遇已隔六月,那髑髅难免不产生新的损坏,况一条高速路正在不远处开掘,民工们常在这一带出没……再说,那髑髅终日与这些髑髅们做伴,难免不改做别的梦了。

然而,庄周又是谁呢?谁会梦这么一个糟老头子呢?望着荒野的髑髅们,庄周更深地迷惑了。

三只虱子

有三只流浪的虱子,经过一处猪圈,它们觉得这里的环境和气味都很适宜自己,就在一只小猪的身上定居下来。

随之,它们进入了一段愉快的岁月,穿越原始森林般游历着小猪的全身,绕着一根根参天的猪毛,相互追逐,并发明出各种游戏。累了、渴了,便吮吸小猪的血补充营养。当它们发现这只小猪的血是如此鲜美可口时,便认真地竞争起来,争先恐后地寻找膘肥肉满的地方,划分势力范围——对于三只微小的虱子来说,猪身如此广阔的疆域,使得它们的圈地行为成为另一种游戏。

然而有一天,其中的一只虱子突然忧郁起来,它对着另两只忙碌的虱子大声喊道:"冬至后的腊祭日一到,人们就会杀了这头猪,我们将会同归于尽!"

寓言与迷宫

另两只虱子愣了一下，又埋下头去。

"我们必须思考一下，还有时间。"

另两只虱子的动作更凶猛了。

看来不会有结果，这只虱子决定单独忏悔，并开始吃素。猪毛上所沾的一些糟糠颗粒，以及一些碎菜叶，已足够维持它的日常需求。它开始讨厌另两只虱子身上的气味，远远地躲着它们：它们扎营猪头，它就避到猪尾；它们吃到猪脊背，它就闪到猪下腹……

但随着日子一天天过去，另两只虱子也有了不祥的预感。像所有的猪一样，这头小猪也学会了享乐，爱把身体的瘙痒部位，时而往黑臭的泥浆里浸泡，时而在尖锐的墙角上蹭磨，痛快地直哼哼——但对于可怜的虱子来说，这无异于一场死亡边缘的灾难。而吃素的那只虱子，因为总生活在瘙痒部位的对面，所以一直平安无事。

惊恐不安中的另两只虱子，亦终于皈依吃素。三只虱子和好如初，一同在猪毛的森林里练习坐禅，交流心得，世界一片清风徐徐。

猪得到安宁后，睡的时间更多了，它几乎终日打着呼噜，养得膘肥体胖，远远超过了其他的猪，还没有等到祭神的日子，人们就把它牵往了屠宰场，连带那三只仙风道骨的虱子。

渔夫与魔鬼

公元某年某月某日，经过长期游说，获得全体公民的一致通过，渔夫又一次从水里捞起了魔瓶，揭去瓶盖——他和所有的人都已胸有成竹，觉得魔鬼值得一用。

魔鬼的套路和上次一样，蹿出一股浓浓的黑烟，凝成一个巨大的狰狞，然后捶胸顿足，大发雷霆：

"在这之前的一万年中……在这之后的一万年中……而你刚好占了这么一个不幸的日子。当然，我还是要感谢你，请留下你的遗言。"

由于早有准备，渔夫很风度地将臂四周一挥：

"你还认识这个世界吗？"

"不认识了。"

"这一切都是我们人类的力量,不到一百年改造的结果。而你竟不自量力……"

"那我们就来比试比试。当然,你只是徒劳地延宕时间。"

于是,渔夫指向高速路尽头的一座大山:

"你能将它在三月内搬走吗?"

魔鬼嘴一撇,立即化作一股黑旋风扑将过去,只听得一阵碎石机的咬啮,大山很快没了踪影。

渔夫又指向远处的一片湖水,几片开发区正向着那儿延伸:

"你能将它三日内吸得滴水不剩吗?"

黑色的旋风又扑将过去,一阵电闪雷鸣,不到两个时辰,这片著名的湖水就露出干涸的底,并发出吱吱嘎嘎的开裂声。

"现在,该履行我们的协议了。"魔鬼收身回来,蹲在渔夫旁边,像一条巨大的黑狗,舔着血红的舌头,看样子离填饱它的胃还有很长的路程。

渔夫感到不安和恐慌起来,一切都超出了事先的精密计算。他斜着身子,避开那条血红的舌头,又把手臂指向更远处的一片原始森林,和依着它的看不到边的草原:

"你能在三个时辰将这些绿色抹掉吗?"

魔鬼的体形立刻弥散开来,形成一把巨大的黑色扫帚,一阵天昏地暗之后,举目所视,再也寻不到一点绿色踪迹。魔鬼抖动红舌,哈哈大笑:

"我知道你们人类的鬼心事,想利用魔鬼,但你们了解魔鬼吗？我有无数个胃贮在肚子里，每吞吃一个事物，便取出一个，我将无穷无尽地吞噬下去。而且，在吞噬的过程中，先前已消化完毕的胃又将反弹回来，要求双倍的填充。"

"但是，你能使这些土壤不再生绿色吗？"渔夫觉得自己的声音都走调了，神经质地舞着臂。

巨大的黑扫帚又是一阵狂舞，很快现出一片茫茫无边的大沙漠，时有烟尘腾起。渔夫满头大汗，紧张地扫视着，看还有什么东西可以推出。

"不要再徒劳地延宕了。"魔鬼瞪着嘲弄的眼睛，"再把这片沙漠清除掉，你就连站着说话的地方都没有了。"

渔夫不由得瘫在沙漠上，涸辙之鲋一般喘息着。

摆开吞噬架势的魔鬼张开巨臂，舒了舒筋骨，突然露出暧昧的笑容道：

"不过，您也不必绝望，我所谓的'吃掉你'，不过是回家的另一种说法。并非如人类的想象，地狱其实就是一片沙漠。"

说完，魔鬼复化作一团黑烟，从渔夫的七窍钻入了渔夫的体内。

寓言与迷宫

空中之网

从前有一个魏国人,他依着一棵树,在空中支了一张渔网。又在网下搭了一个茅棚,日夜守着。

一位路过的禅师饶有兴趣地问道:"先生,您这是——"

"我是在捕鱼。"

禅师若有所悟地走了。

一位远方的弟子闻讯赶来:"先生,您这是——"

"我是在守候孤独。"

先生确实老了。弟子叹息着告辞。

一位正游学东方的哲学家,特意翻越了三座大山,前来猎奇:"先生,您这是——"

"我是在寻找自我。"

这位哲学家回国后，在他体系庞大的著作中，加入了最饶有意趣的一章。

一位正流浪四方的诗人请求茅棚留一宿，他对着风中晃动的网眼："先生，您这是——"

"我是在打捞岁月。"

诗人如被闪电击中，向空中扔出他的笔，长啸而去。

关于这个魏国人的种种离奇的传闻，甚至引起了魏国宫廷的注意，首席大臣立即解读道："这个人的所作所为，已证明他是一个现行秩序的反叛者，逮捕他。"

这个魏国人闻风，匆匆卷起渔网，逃往邻国去了，并从此成了反对魏国的最坚定的战士。

寓言与迷宫

对牛弹琴

从前,有一个人突发奇想,他搬来一张琴,坐在一头正在吃草的牛面前。

他弹了一曲《高山流水》——

牛毫无反应。

他又弹了巴赫、莫扎特——

牛还是毫无反应。

他灵机一动,在弦上拨起了牛蝇的嗡嗡声——

这头牛立刻有了反应,一会儿摇头,一会儿甩尾,四只蹄子还不时互动,做出摇摆的样子。

这个人随即根据牛的动作,调整了嗡嗡的节奏,于是,牛动作的更为亢奋了。

一个偶然的机会,这个人在街头弹起了这个节奏,谁知,竟引来一大群兴奋的年轻人,无需教练,他们便踏着嗡嗡的节奏,惟妙惟肖地做出群牛舞蹈的动作,并把街头变成了欢乐的海洋。

很快,《牛步舞》就风靡了全世界。

寓言与迷宫

披着狼皮的羊

有一只羊,趁主人不在的时候,披着狼皮出去游玩了几天。它感到很是惬意,以至于回到羊棚,褪下狼皮,突然感到对周围的一切不适应起来。

于是,它去讨教一只最有智慧的老羊——

"做羊好,还是做狼好?"

"做羊好。"老羊眼皮也没抬地哼道。

它不放心,又去咨询一只最有智慧的老狼——

"做狼好,还是做羊好?"

"当然做羊好。"老狼有气无力地用舌头舔了舔下唇。

"羊与狼是对立的两极,而现在,它们都说做羊好。那么,在这羊的'羊'与狼的'羊'之间,我该做一只什么样的'羊'

呢？"这只羊迷惑了。

于是，它独自坐在青灯下，花费了余生和无数的羊皮纸，来探讨这个"存在"的问题，并期待后羊继续它的事业。

寓言与迷宫

蜗牛与它的大海

有一只蜗牛,很想去见识一番大海。

然而,它计算了一下,悲观地发现,如果按照每日的爬行速度,它的寿命只可维持完成四分之一的路程。

"但是,"它又换了一个角度,自言自语道,"能否到达大海,并不是最重要的。因为对于许多到达大海的人来说,大海反而离他们更远了。"

"因此,大海或许只存在于向着大海的行进之中。"这只蜗牛继续自言自语道,"如果我现在向着大海迈开了第一步,那么,我就攫取了大海的一部分,尽管微不足道。但是,我如果坚持着向大海行进了四分之一的路程,那么,我就拥有了四分之一的大海——对于一只蜗牛来说,这已经够多了。"

于是,这只蜗牛踏上了大海之程。

狐假虎威

狐假虎威的计策成功之后,狐狸发现自己再也离不开老虎了。野狗、狼、豹等动物都想趁老虎不在的时候,痛殴狐狸一顿,它们不时相互之间传递着会意的眼神,等待这样一个机会。

狐狸后悔不迭,它必须时刻与老虎保持着一种近而不亲的距离,这使得它身心俱疲。它开始不时地陷入一种神经质的歇斯底里之中,以至于老虎小心翼翼地问它:"是不是哪儿不舒服了?"狐狸差一点掉下泪来。

狐狸最担心的时刻还是来临了,老虎在一次睡梦中,悄无声息地离开了这个世界——对狐狸的莫名的恐惧,亦一直使它心律失常。幸运的是,老虎死在山洞里,没有惊动外界。在一种近乎爆炸的氛围中,狐狸以闪电的速度,用石块、木棍,把老虎的尸体支成一种打坐的造型。然后，令兔子通知百兽前来听训，宣布老虎为赎前罪，已奉旨吃素，每日打坐，从今以后不再见任何动物。仪式完毕，狐狸便守在洞口。

这只可怜的狐狸，就这般孤独地趴在洞口，度过了它的余生。

宋人疑盗

宋国有一位有钱人,一次,暴雨冲垮了他家的院墙。他的儿子说:"不砌好墙,将会引来偷盗。"他的邻人也跟着这么说。

晚上,他的家里果然被偷了很多财物。有钱人一直怀疑着他的邻人,但又觉得难以言说。

很多年以后,早已迁居他国的邻人在日记中写道:"那个有钱人的怀疑是对的。从逻辑上说,我既以'防盗'言说在前方设了障碍,思维当会绕道而行——但那个粗鲁的有钱人却只凭直觉。"

同样的很多年后,有钱人的儿子在一场重病后,忏悔道:"是我偷盗了家里的财物。那个半夜,我起床小解,发现院内的三张椅子和鸡食盆不见了,我索性打开家门,拿走了更多值钱的东西——那段时间,我欠了一屁股的赌债。实际上,我家里的大门是如此坚固，外人是根本无法撬开的。我的父亲陷入了情感的逻辑，忽略了这一点，但神却没有饶恕我。"

而那个有钱人，此时亦已死去很多年。

九方皋相马

伯乐自知年岁不饶人，经过一番激烈角逐，终于把弟子九方皋推上了宫廷相马师的位置。

第一次考核时，九方皋汇报道："已发现一匹千里马，黄色的母马，正在城外的沙丘那边徘徊。"

漫长的等待后，宫廷骑师却牵进了一匹黑色的公马，而且显得营养不良。

国王和大臣们不由一怔，都把目光转向了伯乐。

只听到伯乐突然惊呼道："九方皋已超过我矣！他不拘其形，直抵本质，万象皆隐，唯余精魄。他是一位哲学家，他的哲学与这匹千里马同样宝贵。"

国王和大臣们似懂非懂地点着头。

寓言与迷宫

第二次考核时,九方皋亲自带着宫廷骑师去牵马。远远地,便听得一阵阵金属嘶鸣,震荡宫廷。嘶鸣尽头,只见一马闪入,竹批双耳,风入四蹄,瘦骨铜声,气象高贵,赢得沿途一片叫好之声。

国王与大臣们交换了一下疑惑的眼神,又一齐把目光转向了伯乐。

只听得伯乐长叹一声:"现在,我可以退休了。九方皋已在短时间之内打通了宇宙的隔膜,直取元气。该马表里贯通,形神相融,已呈天相。九方皋,天人矣!"

国王与大臣们又似懂非懂地点着头。

在总结这一典型案例时,亦已步入花甲的九方皋在课堂上教导弟子们:"如果在不同的时间,演绎相同类型的事件,将会使其产生不真实的感觉。"

但一次偶然的酒醉后,九方皋喷着饭对弟子们说:"第一次考核,是伯乐老师帮我的,怕我紧张失常,但他老人家却记错了地方……"

隐身草

有一个人，历尽千辛万苦，终于得到了一根隐身草。当他把隐身草插到头上，便从人们的视线中消失了。而且，他还发现隐身草附带着一个意料不到的好处，即他触及的每一个东西，也随之隐身了。

于是，他走上街头，随意地取拿着自己想要的东西，根本不会有人发觉。很快，他的仓库里就堆满了全国各地的攫取，自然，也都隐着形，这使他既满足又遗憾——这些东西要等到他死后才能显形。而且，他也已经说不清楚自己究竟拥有了些什么东西。

有一个使攫取的东西立刻显形的方法，就是把头上的隐身草摘下来，脱离自己。但他已习惯了隐身的生活，隐身草已成了某种吉祥符号，是不能随便摘去的。而且，脱离自己身体的隐身草必然充满了风险,万一被心怀叵测的人盗去,后果不堪设想。

仓库塞满了,床下塞满了,连客厅的过道也塞满了,他过着一种磕磕碰碰的隐身生活,烦恼又担心。当然,他想到过迁居,但又实在舍不下这些千辛万苦才得来的宝贝——虽然他并不能见到它们,时而有一种无法把握的感觉。而且,一旦到了异地,不适的气候或许会使隐身草枯萎,"那样,会要了我的命的!"他情不自禁地叫了起来。

他终于被那些攫取来的隐身物挤到墙角,不能动弹,生活于一个虚无而又拥挤的空间。

"死亡原来如此。"他蚕蛹一般蜷缩着,自言自语。

滥竽充数

又过了数十年,齐宣王的孙子齐音王登基了,再一次地向全国招聘宫廷乐师。

考场上,来自各地的高手,使尽浑身解数,吹奏得满头大汗,但齐音王始终眉头紧蹙。

舆论一片哗然,纷纷指责当今乐坛无人。

就在大臣们一筹莫展之际,南郭先生的孙子亦周游列国回来了,昂然踏入考场。他没有像别的考生那样,先端正地向国王、大臣们行礼,而是自信地做了一个奇特的造型:左臂挟竽,右手指向空中。

齐音王眼睛一亮。

随着一声撕裂的长音,南郭的孙子一会儿满地打滚,若惨遭鞭答；一会儿全身扭曲，如巨蟒缠身；一会儿又乱伸胳膊，似向虚无中捕捉什么……那只可怜的竽只是偶尔碰到嘴门，发几声喘息。

齐音王带头鼓起掌来。大臣们一片欢呼，长时间地，并把这看作新的潮流的诞生。

没有人知道齐音王是个聋子。

焦山穿石

老子为了测试几个徒弟的道行,便给他们每人一根木头,去穿越一块石头。

第一个徒弟想起滴水穿石的故事,便把木头削尖,然后,在石上选准一个位置,耐心地钻研。然而,刚三天下来,木头就快磨没了,而石上连块伤疤都没有。

老子摇了摇头,一言不发地走开了。

第二个徒弟趁老子不在的时候,从山下借来一把金刚钻,不费吹灰之力,就在石上打了一个洞。然后,他把木头塞进洞里,向老子汇报,工作已完成。

老子阴着脸,一言不发地走开了。

第三个徒弟对文字领会得更为深刻,他直接把木头从石头的前面，移到石头的后面。然后，对老子说："这根木头只不过是某种标志，尽管石头毫发无损，但实际上，我的意念已在先生的指引下，穿越了它。"

老子沉默了片刻，一言不发地走开了。

他来到第四个徒弟那儿，那个徒弟正躺在石头上睡大觉。

"先生的考试，实是一个无法做到的事。因为即使真的用木头在石头上钻出了一个洞，但这个有洞的石头已不是原初的那块石头，所以谈不上穿越。同理，穿越的木头因为不可避免的磨耗，亦已不是原初的那根木头了。而从另一个角度来看，在打洞的过程中，被磨碎的石粉，仍是这块石头的一部分，在某种意义上仍代表着这块石头，它们只是被排挤到了一边，而非被穿越。所以，一根木头欲穿越一块石头是不可能的，不如躺在它的上面睡大觉。"

老子认真听完，拍了拍这个徒弟的肩，一言不发地走开了。

匠石运斤

在庄子的时代，楚国有一位泥水匠，他砌墙的时候，鼻尖上不慎溅了一点白土。他腾不开手，就叫来一旁的木匠。只见那个木匠挥起斧子，一阵风过，鼻尖上的白土就没有了，而鼻子完好无损。

有一位以手巧著称的国王，听了庄子的宣传，嘴一撇："这算不了什么，我也能！"他抡起他的那把著名的斧子——国王的唯一爱好，就是每天屠夫一般地剁肉——砍向了臣民的鼻子与白土之间的间隙，确实分毫不差。但臣民们一个个都捂着鼻子，鲜血淋漓地跑开了——因为国王那锋利的斧刃，虽然切入了臣民的鼻子与白土之间的无限小的间隙，但随后的斧体，却因有着坚实的厚度与体积，而击碎了臣民的鼻子。

正伏案创作的庄子闻之，哈哈大笑："蠢也甚！锋利的斧刃刚切入鼻尖与白土之间的间隙时，鼻尖必须同时在瞬间闪开，而这样能与国王配合的对手，根本就不存在。或者，能打磨出这样的一柄斧子，斧刃与斧体都无限的薄，从容地穿越着鼻尖与白土之间的无限小的间隙——但这样的斧子只能存在于语言之中。"

面　壁

从前有一个人，变卖了全部家产，历尽了千辛万苦，终于在一座山上，寻到了达摩大师，要求学习面壁之术，以求破壁而去，自由地穿越这个世界。

在收下他之前，达摩大师请他再一次认真考虑。因为一旦选择了面壁十年的时间，便与山下的红尘时间逆向而行。而如果中途后悔退出，身体将会被卡在一堵墙壁的里面。

得到这个人的坚定允诺之后，达摩大师把他引进一间斗室，仅够一人容膝团坐，室顶、地面、四壁均白，其余世界似乎已被删除——这个人将完全面对自己。

第一年的时间，他感到自己被装进了一个封闭的笼子，窒息而绝望。他疯狂地吼叫着，捶打自己的胸脯。有几次，他感到快要控制不住自己了，想冲出去，但一想到达摩大师的警告，便又坐了下来。

第二年的时间，他疾风骤雨般念着达摩大师给他的一本经书，甚至不留一丝间隙，供绝望侵蚀。

第三年的时间，他的读经声平缓下来，并开始疏朗有致，不时出现一种停顿。停顿处，似有月光静静透入。

第四年的时间，他的读经声小了下去，而一条溪水的歌吟，远方渐渐响起……他屏住呼吸，倾心听着，那溪流声又似源自自己体内。

第五年的时间，这个人感着溪水中的浮沉时，碰到了深处的一块石头，铿然有声，骨髓里一粒火星闪出，而石头灯笼般敞亮……

第六年的整个一年中，他双手合十，听着体内一重重城墙的不断倒塌之声。

第七个年头的第一个早晨，一条影子破壁向他扑来：我们分离多年，现在，我回来了。

第八年的时候，斗室的上下、四壁，突然光线游移，幻景般呈现出这个人所曾经历的一切，那些遗忘的痛苦、爱恋、暮色、晨曦……乃至一片树叶风中的摇曳，现在，都为一种新的时间所编织，闪烁着遥远的故园的光泽。

第九年的时候，他看见自己端坐在一片废墟的中心，如一座祭坛，而自己的心如一颗红色草莓，在祭坛上闪闪发光。

第十年的第一个早晨，须发皆白的达摩大师挽着这个人的臂，走出斗室。这个人宁静地注视着昔日的世界,已没有了任何屏障,林木后的山石,山石后的房屋,房屋里的人类……全都透明无碍地呈现出来。整个世界,仿佛一块巨大的水晶,只是依稀描绘着各种轮廓与线条。

寓言与迷宫

望梅止渴

从前有一个书生,只要一听到,或一见到"梅"这个字,口水便泉水般地渗出来,这使得他既上瘾,又难受。他实在弄不明白,这个"梅",究竟是一种化学意义上的催化剂,不断地把身体的某种能量转化为口水;还是一种物理意义上的泵,把身体某个部位储蓄的口水不断地抽汲出来。他感到身体被不断掏空着。

他试图从脑海中抹掉这个"梅"字,然而,他愈是努力,这个"梅"字便愈是痼疾一般地盘踞下来,并催生出更多的口水。他日渐虚脱,感到自己快要成了一摊口水。

这一天的恍惚中,一位久未谋面的朋友突然来访,过去,他们曾有过很深的文字交情。朋友对他的苍白虚弱很是吃惊,坐在床边,附着他的耳朵建议道:

"梅,本是一个字。由字引起的疾病,唯有以字来制约,平衡。"

说完,朋友双手一拱,便告辞了。书生受到启发,忙找出字典,翻到关于"梅"的词条:

词条一:乔木,性耐寒。早春开花,有粉红、白、红等颜色。果实球形,味酸。

他不由咽了一下口水。

词条二:1.梅树的花。2.一种蜡梅。

他想起年轻时,曾与女友踏雪寻梅,那种蜡黄的花朵上,一点点堆砌的雪白,有如爱神的迷宫——他感到口水在下沉。

词条三:梅雨。

啊!那真是一个如梦如幻的季节。他情不自禁地翻身下床,负手徘徊,诵起贺方回的《青玉案》:"试问闲愁都几许:一川烟草,满城风絮,梅子黄时雨。"

词条四:姓。

他突然想起,他的那位来访的朋友原亦姓梅,只是被他的过盛的笔名淹没了。不知为什么,他接着又想起了一个叫作柳梦梅的人,虽然他并不姓梅,但书生觉得自己就是他的影子,徘徊于生死之间的一个影子。一段悠远的昆曲旋律,从他的胸间怅然而升。

词条五:梅毒,性病的一种。病原体是梅毒螺旋体。

他哈哈大笑,扔掉词典,口水症霍然而愈,他甚至已不知道自己曾患过这种病症。他只想尽快去找那位朋友,重温当年的风流与冒险。

　　他刚披好衣服，才想起那位朋友已去世多年——然而，他是如何来到自己幻觉中的呢？当初，他们都是名闻遐迩的才子，文字对联的高手。显然，在文字中，还潜隐着一种更深、更神秘的甬道。

　　他独自来到朋友墓前，墓已颓败，碑上文字亦已斑驳无寻，爬满苔藓。他跪下来，一页一页地，焚烧了那本词典。

神 龟

从前有一个书生,迷惑于命运的不测,想了解自己的前世与来生。他把自己关在书斋内,阅遍了圣贤书,仍没有得到慰藉。

这一天,书生又熬到深夜,不知不觉伏在书案上睡了。突然,他听到一阵幽幽的敲门声,微弱而清晰。当他从烛光中抬起头,见一个披着长长绿发的人,从门缝闪入,面相似乎有些熟悉,但又无法回忆,便请他坐下。

绿发人显然渴坏了,要了一杯水,然后说道:"我正在一处深渊静修,突然被一股奇特的洪水冲了出来,刚好被你的邻居网住。因为水神的卜卦上说,我将是你的来生,所以便求救于你来了。"

书生还想追问,天已放亮,一阵公鸡的啼鸣将梦影驱散。他忙跑到邻居家里,邻居亦刚好夜渔归来,手里提着一只绿龟。

寓言与迷宫

书生便请求邻居把这只绿龟卖给他,什么价钱都可以商量。

但邻居说什么也不肯:"传说中,绿龟是神龟,能占卜我的来世与前生呢!"

书生没有坚持,怏怏而去。他觉得来世做一只龟,亦并非上选。

当天,邻居便杀了这只龟,将其分解。

他扔出龟壳,占卜前生——壳背向上,一个字也没有。

他又扔出龟壳,占卜来世——壳背向下,露出了壳里许多蚂蚁般爬行的文字。

邻居不明其意,便去求教书生。书生解道:"壳背向上,一个字没有,说明你的前生是一只龟,普通的乌龟——今天,你杀了自己的祖宗。至于壳里的文字……"书生仔细阅后,大惊,那蚂蚁一般爬行的甲骨文所记述的,竟是自己平生所做的全部噩梦,包括许多已忘却的。他和邻居都感到惶然而又难以理解。

当天晚上,那个披着长长绿发的人又走进书生梦里,说道:"现在,我已失去了肢体,回不了深渊了,只好就居住在你的梦里。而给予你的报酬,就是当你的躯体腐烂时,这些梦——这些噩梦之外余下的好梦,仍将继续下去。你的来世,将是一团岚气,游荡于山峦之间,做一个乌有国的国君……"

庄子刚把这个梦一般的寓言写到这儿,突然被来客惊醒。待送走客人后,已无法接上前面的文字,只剩下几片残影,而且还在不断退缩着——这个世界的每一层面都是如此的莫测,庄子不由叹息了一声。

昭文弹琴

昭文是战国时有名的琴师，退隐多年后，重出江湖。这一天，他又搬出那把朝夕相处的琴，来到一处旷野。人们纷纷慕名而来。

只见昭文琴师坐下，呆呆地对着琴，久久不弹一指。

听众渐渐不耐烦起来：

"我们什么也没听到啊！"

昭文琴师仍不弹一指，久久地坐着：

"请你们静默，仔细听！"

"还是什么也没听到啊！"

"再仔细听，向空气中倾听。"

终于，有一个人怯生生地发话道：

"我好像听到了一只路过的鸟儿的鸣叫——"

昭文琴师对着他微笑了一下。

一会儿，又一个人叫道：

"我听到了远方一条溪水的潺潺歌吟——"

昭文琴师对着他点了点头。

接着，又一个人轻轻叹息道：

"我听到了微风拂过草叶的声音，而且正在穿越着我的身体——"

人群随之回应出一片叹息。

昭文琴师轻击了一下手掌：

"你们终于能听琴了！"

然后，他悄然离开，遗下那张琴在旷野。

畏　影

有一个人，在街灯下赶着路，突然对与自己朝夕相处的影子厌恶起来，认为它变幻无常，甚至有些无奈相，但又没有办法将它赶走。愤怒中，他举起了木棒，但他的棒子不是打在杂草上，就是打在石头上，有时竟打在了自己的脚上——这使他更加愤怒。

一些过路人感到好奇，也凑了过来。这个愤怒的人便请求他们帮忙，痛殴他的影子。于是，他们嘻嘻哈哈地各操一根木棒，对着地面一阵乱打。然而，影子在路灯下到处乱闪，一会儿跳到这个人的脚上，一会儿爬到那个人的背上，还不时地与别的影子纠缠一团。混乱的人群中有了惨叫声、咒骂声……接着，听到了棍棒之间的对打声……而人群也很快划成了壁垒分明的两方，相互攻击，并招徕着更多人群的加入。

而那个人和他的影子，早不知道隐到哪儿去了。

寓言与迷宫

恶　迹

从前有一个人，讨厌自己的脚印有甚于影子。影子虽总是无赖地追随，但至少有时还像个弄臣。而这个讨厌的脚印，总是这般的单调而冷漠，不仅尾随你，更多的时候，还让你无意中尾随它、重复它，并最终被它所编织的蛛网黏结。

当然，并不是没有逃避这个蛛网的办法，比如，始终沿着一个方向走，偏南，或偏北一点，这样，你就不会与你的脚印迎头撞上，而是走着一圈圈的螺旋，最终在地球的南极，或北极的某个虚无的点上停下——但这似乎更像一个逃亡的隐喻。

这不符合我的性格，这个人继续思索，应该主动些，对，主动出击，每走一个脚印，就清除它，用扫把，或者用铲锹……解恨！但随之的问题是，这样的工作要倒退着行走，才更为方便。而一个弯腰后退的形象，更像是一种臣服的象征，似乎我的余生就是在为脚印而工作。

看来，须对脚印做更为深刻的研究。从物理学的意义上说，脚印是人的肉体重量与大地相互作用的产物，对于大地的存在，人自然无可奈何，但对于自身的肉体重量，或许可以有一番作为。练瑜伽，使自己的身体失重，或在头顶悬一颗氢气球……于是，这个人开始行动起来。

一天，游学的庄子刚好在这个人的家里借宿，奇怪于他的行为，问清缘由后，哈哈大笑："瑜伽只能瞬间失重，不易于路途。而把头悬在气球上，不是又为另一个更为麻烦的事物所束缚！所谓脚印，如果使自己，或人们忽略了它是脚印，不就成了。"

这个人受到启发，灵光一闪：与大地作用的肉体的重量是恒定的，但如果在肉体中渗入灵魂，就会使肉体失去原来意义上的重量，而作用于大地的，也就不是原来意义上的脚印了。于是，他制作了各种几何形状的鞋子，在鞋底刻上一行行经文，当他行走的时候，便在大地留下了一页页的经书——没有人再把这看成是脚印，他们尾随着、诵读着，把这看成某种神秘的启示。甚至有人将经书和下面的泥土一起挖出，置于家中的神龛。

寓言与迷宫

捕　风

　　如何"捕风"这一命题，吸引着一代代的有志之士，他们不惜耗费时间，心血，做了大量的探索，并已出现许多闪光的突破。

　　第一位捕风者精心制作了一个巨大如恐龙的羊皮袋，将口撑开，迎风而举。当羊皮袋被风吹得鼓鼓荡荡的，他便迅速将袋口扎紧，然后宣称，他已捕获了风。闹哄哄的广场上，他依着巨大的鼓胀的羊皮袋，对着围观的人群解释道："风，原是流动着的空气，现在，我将这流动的空气收进了羊皮袋内，它便成了静止的空气，或者说，是沉睡的风，当然，也就是被捕获的风。现在，我已打破了风无法被捕获的神话。"

　　第二位捕风者则别有心机，他在河边立起一座巨大的风车，风车的转轴连接向一架水车。当风车在风中转动时，便带动水车将河里的水输送到一片田地。他站在水田边，向着请来的各路媒体宣称，他的"捕风"的行为已经成功，因为，"从本质上说，风只是自然界的一种能量，因此，捕风的要点，就是如何捕取这种能量。现在，我通过风车和水车的运转，将风的能量转换成了水田里的水，或者说，风已为我的这一片水田所捕获。"

第三位捕风者是一位画家，他对前两位捕风者的行为嗤之以鼻："捕获的风，如果不再令人感到风的拂动，还有什么意义？因此，捕风，就是捕风的神，而这，只有画家才能真正做到。"画家摊开一张画布，在上面画了几片风中摇曳的草叶。"风，就在这儿了，"画家向着涌来的观众骄傲地宣示，"现在，你们难道没有感到风的掠过，甚至感到自己就是画中那片摇曳的草叶，正享受着风中的惬意！"

第四位捕风者是一位诗人，他悄悄来到一处荒野，对着寥寥的信徒，展开一张白纸，沉默了半晌，只在白纸上写下一个"风"字。"所有的风，都在这儿了。"他将目光看向信徒们，又似在喃喃自语，"你们听，向着'风'字背后的虚空，静静地倾听，是的，很快会听到的，一种充塞天地的风声，无所不在地回旋的风声。万物在摇曳，连同我们这卑微暂寄的躯体。但是，最终又是谁捕获谁呢？"诗人忽然将那张写有"风"字的白纸抛向风中，它很快消失得无影无踪。

捉　影

有一位书生，蜗居在一间斗室里，苦思冥想了无数的岁月，终于一天，他郑重地向世界宣称，他已寻到了捉影的方法。

他用四根竹竿，撑开一方黑布，向着看热闹的围观者朗声道："这就是捉影器。"

观者中有人叫道："不就是一张黑布吗？"

"不！"书生严肃地回道，"你的眼睛和感觉世界都出了问题。这不是一匹普通的平面的黑布，而是属于一个无限的立体的世界。它的黑，是一个黑洞，一个无限的吞噬的空间，无论来自何种光线的或浓或淡的影子，只要落进去，就再也出不来了。"

说罢，书生把捉影器搬到那个人的脚边，那个人落在地面的影子便落在了黑布上，消失不见了。"现在，你的影子已经被捕捉进一个黑洞，再也不属于你了。"

那个人战栗了一下，本能地跳到一边，而他的影子又在地面上呈现出来。"什么捉影器，骗人的东西！"他不屑地说道，人群中也发出了对书生不利的嗡嗡声。

"不！你的思想同你的眼睛一样地有问题，"书生不紧不慢地解释道，"你刚才的影子，确实已被捕捉进一个黑洞里去了，不能再返回。你要明白，世上的一切都是在永恒流动着的，瞬息不停。此刻的你，已非方才的你，同样，此刻的你的影子，已非方才的你的影子——你方才的影子，在这黑洞里收着呢。"

那个人有些发蒙，又有些紧张，"那么，方才的我又哪儿去了呢？"他上下拍着自己的身体，摸索着。

"摸不到的，"书生嘲笑着，"方才的你，与过去的所有的你，都已化为影子了。"说完，书生便收起他的黑布，离开了围观的人群。

"等等，先生！"那个人突然挣脱出人群，尾追而去，"我也要一个捉影器！"

寓言与迷宫

侠　客

有一位侠客，为了寻找对手，徒劳地走遍了天下。最后，他发现，真正的对手就隐伏在自己体内。为了把对手赶出来，举行拟想中的决战，侠客使尽了各种方法，长时间地倒立，超常规地扭曲身体，在烈日下暴晒……然而，对手就是隐伏着不露面，并不时地在他的要害部位闪出剑锋，让他惊出一身冷汗。

他终于无法忍受这样被动的局面，对于一个真正的侠客来说，这比死亡还要耻辱。于是，他从枕下的黑匣中，取出那把祖传的宝剑，指向自己的肉躯，他想做最后一次决定性的出击——既然对手的屏障是自己的肉躯，那么，现在就用剑清除它，把对手逼到无从闪避的角落。为了使割肉的过程不至于过分痛苦，难以忍受，他一边割肉，一边不停地喝酒；为了使运剑的手不至于因能量耗竭而停下，他又把割下的肉送回口中咽下。他相信，对手将会被迫做出选择：立刻显形出来，或者消亡于剑与牙齿的咀嚼之中。然而，对手比预想的还要富于经验，忍耐与拖延时间，似乎是他的既定战略。他老练地凭着愈来愈少的肉躯，向着更深处隐伏——侠客甚至都没有想到，自己的躯体竟有如此的纵深。而对手还不时地还以一击，令侠客猝不及防。

内部世界与外部世界的双重痛楚，同时袭击着侠客，他那残缺的躯体开始摇晃，有如寒风中的秋叶。但他的手中的酒与剑，依然是那般富于节奏与速度——他的躯体就这般在空气中不断消失着，仿佛一种神奇的远去。而得到鼓舞的是，躯体的消失过了某个临界点之后，他的痛楚亦随之消失……他舞动的剑感受着一种无限自由的快意。就在世界接近透明的一刹那，他终于看见了对手——而他们也都在这一刻，几乎同时将剑刺中了彼此的要害，一同倒了下去。

魔　画

有一位街头画家，在一次酒醉之后，用画笔在一堵墙上，狂呼着涂抹了一番，然后沉沉睡去。

第二天，一位神秘的过客经过这里，他震惊于这些墙上飞扬的色彩，呆呆地站了半天。然后，他向着围过来看好奇的人群宣称：他要收藏这堵墙。

好奇的人越聚越多，都对收藏这堵破墙感到不解。

过客解释道："在这些色彩的后面，有一个洞穴，抵达一个金色的世界。"

有人立刻喊叫道："既然有个洞穴，你走给我们看一看。否则，你就是个骗子。"

人群骚动起来。过客看着无法脱身，只得走到墙前，对着画，又呆呆地站着。就在人群不耐烦的时候，画中突然铺出一道金光，过客从容地踏了进去，金光随即收回。

人群鸦雀无声。

这时，不知谁狂呼了一声："这堵墙的后面有金子！"哗地一下，人群醒悟过来，蜂拥而上，把这堵有着色彩的墙挤成了一堆碎砖，除了还在腾腾的灰尘，一无所有。

就在人群大失所望的时候，空中传来了愤怒的咒骂声——因贪金而疯狂的人群把过客遗失在空中了，那些色彩碎了，收藏家失去了回来的门径。

一个有良心的人，忙唤醒了那位仍在沉睡的街头画家。画家揉着眼睛抱怨道："我正在一个金光闪烁的世界浮沉，遇见一个神秘的人，他要将我引向更远处的时候，被你惊醒了——那金色的世界已成了碎片，不，这会儿连碎片的影子也抓不住了！"

有良心的人顾不得他的抱怨，请他赶紧画一幅与他醉中画的一模一样的画。

画家手一摊，他甚至不记得他醉中画了些什么东西。

这位神秘的过客就这般被遗弃在空中，日复一日地咒骂着这个城市和它的人群。然而，他的咒骂却无人听到，这个城市的有良心的与没良心的人群，全都疯狂地追逐那些醉醺醺的画家去了。

寓言与迷宫

隐　居

"当今的诗人去哪儿了？"世人纷纷询问着。

终于，一位不耐烦的诗人答道：

"他们隐居去了。因为不适应当今的空气与水，祖辈们的山水田园又不复存在，于是，他们选择了一个新的隐居地——白纸。

"在世人眼里，一张白纸有如空无，似乎是一种饥饿的象征。是的，这饥饿刚好对当今诗人的胃口。卡夫卡的'饥饿艺术家'，即是因为尘世没有对应胃口的食物，才如此上瘾地品尝'饥饿'。"

"自然，有人不免要疑问，一张白纸如此单薄，一只蚂蚁都无法爬入，诗人们又如何隐居？"这位诗人哈哈一笑，"白纸的单薄，只是视线的错觉。实际上，还从未有人能测出一张白纸的厚度，包括诗人自己。有诗人曾经尝试，他揭起一张白纸，下面又是一张白纸，他再揭起一张，仍是如此，直至无穷无尽。"

"白纸的虚白，原是世界的本质，真正的诗句，便依附于这'虚白'。而当一张白纸，生出几行诗人的诗句之后，这张白纸就再也揭不起来了，就如同你无法揭起水中之月。是的，诗句在白纸上溶成了一片水月之境，诗人们就隐居在这水月之下，一片无垠的时空，脱离了轮回。他们深海水母般浮游着，以有节律的闪烁相互呼应。

"世人要拜访这轮水月下的世界，可不是件容易的事。首先，你得设法叩响那些白纸上的诗句。如果诗句的门闩松了，你即可由此潜下去。如果久无回音，你就会被一阵风吹得无影无踪。"

寓言与迷宫

探 位

这是一个漂移不定的时代，每个人都对自己的存在感到惶惑，弄不清自己究竟处于一个什么样的位置，以至于难以确定下一步行动的意义。当代有一位在执着程度上堪比前贤的学者，极不满意这种状况，但他很谨慎，决定先从自己开始，为自己的存在觅一稳固的立足点，并以此成为众人的一个坐标。

他在自己每日钻研国学的居所里，摊开一张激光制作的最新地图，游移着标尺，计算了半天，终于得出自己的居所在地球的宏观位置：

"东经一百二，北纬三十五。"

然而，这也未免太抽象了，他自言自语。他并非一个哲学家，前面交代过，他是一个有着先贤气质的学者，就是在研究枯燥的经文的同时，写作一些具有一定形象与忧患意识的律绝，作为与世界沟通的纽带。一番思索之后，他寻得了形象，情感却未能激发起来。因为他的"东经一百二，北纬三十五"的居所南侧，是一条终日垃圾飞舞的街道，北侧则是一条长年散发各类异味的污水沟。这使他沮丧不已，他的学者气质终没能使他掌握从丑恶中开垦花朵的能力。

他只得把目光移向自己脚下，至少眼下，它所踏实的，是属于自己的个人地域。如果自己的双脚能够在这个世界取得一个牢固的位置，其余的失落，至少可以暂时地忽略。

需要再行补充的是，这位学者并非传统的腐儒，他生活在21世纪，经历了现代科学的洗礼，接受了一些新思维。他不由自言自语道：

"现在，我的双脚正坚定地踏着下面的黏土，云母，石英，而构成它们的，是分子、原子、电子，不，还有中子、粒子、介子……"

学者突然感到自己的脚下在松开，一个深渊般的黑洞，正自下而上地向他吞噬。他吓得拔腿就跑，冲出他蜗壳般的居所，奔到喧嚣的大街上，猛吸了一口满是灰尘的空气，才定下神来。

奴　仆

从前有一个富人，势压八方，权倾一时。然而，不知从哪个晚上起，他一入梦，就看见一个面目模糊的人，拿着鞭子，逼自己干各种脏活累活，稍一懈怠，鞭影就舞了过来……这个富人每天早晨都是在一种胡话、呻吟、喊叫中惊醒。

那个面目模糊的人究竟是谁？他决心搞清楚这个问题，以实施报复。这天晚上，他带着挣钱和挣权时的所有计谋，潜入了梦。然而，奇怪，无论他如何乘着昏暗的光线，从经过精心设计的死角，试图逼近那个面目模糊的人时，总是在某个固定距离，鞭影就舞了过来……无数次的失败之后，富人终于痛苦不堪地跪了下来，低三下四地哀求道："主人，我到底作了什么孽，遭到这样的处罚？能否告诉我，主人你究竟是谁？"

"什么？连这个都不知道！"又是一阵鞭影狂舞。

这个富人惊叫着跳到梦外，从此害怕入梦，以至于他有时下意识地刚躺下，便又触电似的弹跳起来。绝境中，他花重金请来巫师作法，以使自己远离睡眠。他苦不堪言，一天天地憔悴下去。一天，他在一种近乎梦游的状态下楼时，经过客厅的镜子，突然发现镜中出现了那个面目模糊的人：他舞了一下袖子，镜中人亦随着舞了一下袖子；他试着踹出一脚，镜中人也向他踹来一脚……

他紧张地问身边的仆人："还认识我吗？"

仆人们异口同声地回道："认识。老爷！"

与面目模糊的镜中人对峙了一会儿后，这个富人突然崩溃了，他歇斯底里地向镜子撞去——奇怪的是，镜子竟水一般闪开，让他像影子似的飘了进去，并随之与那个面目模糊的人合为一体。他们躺在地上，显着富人当初的面目，平静地入了睡。

镜子的外面，遗着富人的一堆名牌衣冠。无论仆人们如何呼喊，镜子里也没有回应，只有一片玻璃覆盖的冰凉寂静。

寓言与迷宫

鹏程万里

背负青天的大鹏,一直在不停地飞——从庄子的时代起,他就在飞。但岁月无情,他终于感到累了,想休息了,了断一下过去的时间。

当初,大鹏是何等雄心,扶摇直上九万里,试图为这小小的地球开拓出一个新的空间。历历星河在胆边,浩浩天籁在胁下,他一边飞翔,一边成长,遍览了宇宙的奥秘。但具有讽刺意味的是,如今他那硕大无朋的翅翼,反而成了返回地球的障碍,自然,亦无法向人类传递他所收集的宇宙信息。

那曾诞生他的北海,现在还没有他的一片翅翼大,如果勉强回去,那激起的漫漫海水与旋风,对于这个星球的生灵,将又是一个创世纪的灾难;如果降落在那片如今已被人类折腾得如此之广大的沙漠,又有谁愿意走进那沙尘暴,与一个闻所未闻的庞然大物交流。当然,他也曾试过新的交流方法,当掠过人类那一簇簇白蚁巢穴般的城市时,便抖动翅翼,发出一种信息,但他发出的信息,根本就没有人类愿意破译。不仅如此,由于人类过度娱乐于好莱坞大片,反而把他的抖动翅翼当作一种星球大战的来临,纷纷立起无数可怖的核武器——实际上,这只会毁了他们自己。

绝望中,大鹏不意又听到了蓬间雀们的叽叽喳喳,内容与它们的祖先一般:"看我们多快乐呀!想飞,就随时飞。遇到什么树,就在什么树上休息。遇不到树,就落在地面上蹦蹦跳跳。看那个大鹏,真是活受罪!"

大鹏无奈地回到自己的高处。然而,要支撑愈来愈显沉重的躯体,两片巨翼早已不堪疲累。唯一的办法,只有向更高处飞去,以减少地球的引力,使翻动的翅翼轻松一些。而当新的疲累袭来时,便继续向引力更小的更高处飞去……就这样,想给地球传递宇宙信息的大鹏,反而离地球与地球上的生灵愈来愈远了。

当到达地球引力消失的那一高度,大鹏掀动的翅翼,已是一种机械的惯性。然而,由于距离的拉远,使得视线里的大鹏的身影缩小,地球上的人类终于能够从容地仰望那孤绝的飞翔了,他们感叹着、赞美着、呼唤着……但大鹏已无法感知这些,他完全孤独地漫游于太虚。有时,他也会下意识地访一会儿地球,但天文学家所测的数据,总是报告有一种新的不知名的彗星,惊险地掠过了地球的上空。

寓言与迷宫

川壅必溃

厉王暴虐,引得上下一片怨声。

厉王大怒,招来巫师监视这个国家,如有出语不逊者,立斩。

从此,这个国家失去了声音。人们在路上相遇时,也只是以目光相视,打着哑语。

厉王对此非常满意。

哑语成了这个国家的通用语言,以至于进入这个国家的使者,都要艰难而饶有兴趣地学习这种神秘的语言,在他们的《哑语国游记》中,充塞着这样的溢美之词:这个国家的文化幽之玄之,深不可测。而尤为令人流连忘返的是,哑语使这个国家的女人的眼睛更为顾盼生姿,有如秋水迷宫。旅游业竟成了这个国家的支柱产业,并支撑到厉王的暴死。

厉王的儿子害王登基,他曾在国外留学,且在深宫养成骄纵无忌的习惯,哪里受得了这种无声的生活,他下令,立即恢复说话的传统,还要改革,插入洋文字母。

谁知,他竟招来举国上下的激烈反对,因为人们早已习惯了这种无声的生活。巫师与哑语学校的校长甚至串通起来,清君侧,杀死了害王的宠臣。

流落的途中,害王见一农夫,躺在田埂,晒着太阳,一言不发,不由感慨了一句:"多么有诗意啊!"

夜以继日

终于有一天，地球衰老了，夜以继日的轮转停下了，固定在太阳系的某个点上。而西周国的位置，刚好落在日与夜的分界线上：一半国土在日里，一半国土在夜里。

生活在日这一边的居民，并未产生预料中的快乐心情，他们每日的视线，都被分界线那边的黑暗吸引去了，认为自己也终将进入那永恒的黑暗。他们终日困在各自的小屋，沉溺于思索生命的短暂与拯救，写下充满哀伤的诗歌，再也无心从事生产从事贸易。

生活在夜这一边的居民，一开始信从一个巫师的推断，地球已旋转到了尽头，要开始反转了，时间要倒流了，修改无数悔恨的时候到了。然而，片刻的欢欣鼓舞之后，他们忽而意识到，重复以前那愈来愈简陋的生活，实际上令人难以忍受，毫无指望。于是，他们也颓废地困在各自的小屋，不再从事生产和贸易。

眼看国家滑向灾难的深渊，天才的政治家周公想出一个好主意：立即颁布国家令，每隔一个月，就让日里的居民搬到夜里居住，夜里的居民迁到日里居住，调换一下位置。于是，两边居民的精神状态，都为之一振，以一种游戏般的轻松，加入了这一大型的国家活动。就在他们在搬迁地，刚刚有了微微的绝望感时，下一轮的调换又开始了……渐渐地，调换的这个日子，演变成了西周国既定的盛大节日。

当地球彻底沦为宇宙里的一块石头的时候，唯剩下的西周国还在狂欢。

锲而不舍

有一个古国,不幸遇上百年旱灾,赤日千里,寸土不生,民众挣扎在死亡线上。这时,一位英雄站了出来,对着奄奄一息的民众说:"睁开眼吧!就在你们的脚下,有着一口甘甜的井水。"

民众们有气无力地下刨了几米后,就在尘土飞扬中扔掉了工具,并指责英雄耗尽了他们的最后一丝力气,使他们更快地走近死亡。

于是,英雄召集了一批汉子,在掘口处继续向下挖去。自然,他们也很长时间没有掘到井水,并且有民众为了赏金,向国王告发他们"妖言惑众,逆道违天"。就在国王派兵丁来缉拿时,甘甜的井水溢了出来,得救的民众欢呼着,把英雄推为神圣的先知。

民众刚把家园安顿下来,还没喘口气,先知又向民众号召说:

"在井水下面的更深处，还蕴藏着数量巨大的财富。要不断进取，只争朝夕！"对先知无限信仰的民众，无须更多动员，纷纷拿起各式工具，向更深处掘去，有的掘得了煤炭，有的掘得了石油，都是源源不断的财富。这个国家和它的人民迅速富裕了起来，并将神圣的先知推为伟大的国王。

然而，伟大的国王有着无法平息的进取精神，他对民众中开始流行的安逸享乐风气甚为忧虑，认为这是国家走向衰落的苗头。于是，在他的哲学逻辑指引下，他支撑衰老的身躯，再度向民众发出号召："去，向更深处挖掘！在地球的深处所贮藏的珍宝，将使我们改变世界，拯救世界，并最终拯救自己的灵魂！"

尽管起初有些不太情愿，全体民众还是被诱人的远景动员起来，继续向下掘去。但他们冲天的干劲终于掘到了火山，一阵地动山摇的喷发之后，这个几乎遍地熔岩的古国，似乎又回到了赤日千里、寸土不生的过去。

但衰老的国王无法得知这一切，他的铁一般的逻辑也不愿相信这一切，他在深宫的孤独与自信中死去。得到解放的民众随即给他冠以暴君、大独裁者的称呼，并在火山口立旷世警告牌："不可挖掘过深！"

直至不久后的一天，又出现了一位英雄，从火山喷发的熔岩里提炼出一种新的元素，这种元素将为资源已耗竭的人类世界，提供新的发展动力。于是，民众又怀念起老国王，重新为他戴上先知的冠冕，并开始忘却他曾带来的灾难。

寓言与迷宫

黄帝访贤

后人把我统治的时代，想象成一个清明的时代、伟大的时代，当然，这只是他们的幻觉。他们往往因为对现实的不满，需要拉上一个映衬。实际上，我的时代同后来的许多时代一样糟糕，只不过上天或运气赐予了几个风调雨顺的年景。我的宫廷里，充塞着同样多的算计、弄权、无穷无尽的纷争。宫廷外的各级统治阶层，更是暴力、欺诈、贪淫，层出不穷。我曾与之做过不懈的斗争，但很快就被瓦解于无形，因为我的统治就建立于这一切之上。与后来那些被诅咒的统治者有所不同的是，他们沉溺于这一切，而我厌恶这一切，我唯有不时地以出访贤人为名，做暂时的逃避。尽管那些贤人的贤明亦十分可疑，但因此与文人建立的良好关系，使我赢得了出乎预料的赞誉——文人的笔是有用的。

经常陪我出访的,是当初的那七个隐逸的高人。但现在,看他们活得多么滋润,全都发了胖,脸上不时现出宠臣或弄臣的意态。他们或在前面引路,或全神贯注地驾车,或警觉地守在左右,或若有所思地随后,使得我的出访,蒙上一层神圣的光辉。眼下正是一年中最好的季节,三月的和风拂过脸庞,使人感受着无限的惬意。拔节的庄稼,青色的湖水一般摇荡,各色花卉点缀其间,仿佛湖水摇荡的浪沫。宫殿虽然威严,但里面的潮湿、阴凉、孤独,早已使我不胜其烦。我的决定真是英明,在这个万物勃发的季节,去具茨山拜访一位叫大隗的贤士。

离开襄城一段路程之后,原野渐渐空茫起来,难以见到一间农舍。宽敞的大道,亦被一条又一条的小路剥离,显得模糊难辨。终于,我们迷了路,七个贤人相顾着,不知所措。而我,实际上一点也不着急,这正是我所要的效果。作为这个世界的掌控者、洞察者,我早已厌倦了结局。这鞍前马后团团打转的七个贤人,当初不都是享有大隗的声誉,而他们最终,不过成了一个个高级的弄臣而已。如果是一个真正隐逸的贤人,他会始终与我,与这个权利倾轧的圈子,保持一段明确的距离。如果不是,他自然会设法近身而来,无论他使用什么样的法术。

前方的某处绿荫,忽响起悠扬的牧笛,然后,现出一牧童悠闲的身影。七个贤人蜂拥而上,而那牧童只顾吹着牧笛,移近我的马车,全然不顾七个贤人近乎拉扯的询问。我仿佛有某种预感,便下了马车。

寓言与迷宫

"你知道具茨山怎么走吗?"

"当然知道。"

"听说山里住着一个圣明之人叫大隗,你知道吗?"

"我们这儿的乡民都知道!"牧童如数家珍般,讲了许多大隗的卓异之处,大隗如何地博古通今,明达时理。

这次的遭遇显然与此前的访贤有所不同,我不由生了更多的兴趣,把牧童拉到身边坐下。

"那你一定知道大隗讲的如何治理国家的道理了?"

"治理天下,就像你们在野外遨游一样,"牧童背诵课本一般,放开嗓子,"只管朝前走,不要无事生非,把政事搞得太复杂。我几年前在人世间游历,经常会出现头昏眼花的毛病。有一位长者告诉我,要趁着阳光之年,在襄城的原野上畅游,忘掉尘世间的一切。现在,我的身体已经康复了,又准备去茫茫尘世之外遨游了。治理天下也应该像这样,我想不用我再说什么了。"

我饶有兴趣地追问:"你的背诵有些玄,具体些,该如何治理国家?"

牧童一挥手中的鞭子:"治理国家,与我的放马有什么区别呢?只要把危害马群的马赶出去就可以了。"

我装着若有所思地点了点头。这一段话的相似的意思,七个贤人当初都曾对我说过,有的直说,有的打个比喻,有的讲个寓言,当然,都没有这次设计的巧遇牧童美妙罢了,而且使行程增添了戏剧性。我感谢了牧童,却出乎意料地命令车队返回。

怎么？不去访问大隗了，七个贤人不解地望着我，随后满意地开始了返回行动。

牧童的笛声，又在身后响起，且愈来愈远，愈来愈悠扬，在远方的绿荫中，像是在招引，又像是在自由地歌吟。我想我是对的，身边的这七个贤人已经够多了，我应该为世界留下一段悠扬的牧笛，尽管其中可能隐含一丝幽怨。

缘木求鱼

起初的时候,缘木求鱼只是一些个性狷介的隐士的游戏,或行为艺术,以表示对人类的势利、功利的蔑视、不屑。他们在人类的边缘地带,选一些高大的树木,然后攀缘而上,在舒展的树枝间,张开双臂,做出各种捕鱼的动作,口中时而发出长啸,表明有了收获的快乐。

有好奇者赶来,对这"既非淘金亦非探宝"的树上行为观察一番,得出"他们是一群疯子的"的结论,认定这一切是"虚妄的,不会长久的"。

但事实很快给出了相反回答,树上的行为并非完全"虚妄",收获意外且令人向往:隐士们弱不禁风的身体,由于这日复一日的活动,加上树上的好空气,获得了显著的改观。一些常见的书生病,如颈椎病、神经衰弱、失眠、便秘等,都不知不觉地消失了。他们眼清目爽,感觉自己的身体和周围的世界,充盈着蜕变后的清新、生机。更有身体平衡能力超群者,可以在摇晃的树枝上,杂技演员一般地捷步,做出各种夸张变形的捕鱼动作,引来围观者的一片啧啧称赞。

避世者们再也无法避世了,他们的种种"求鱼"传闻,吸引着不满现实的人类纷纷加入。甚至一些并没有什么精神寄托的病夫们也混杂了进来,他们相信树上存在一种特殊的气场,可以拯救自己坠落中的病体。人类边缘的大大小小的树上,满是晃动的人影,俨然一个自成体系的社会。一种名为"追鱼"的竞技运动也应运而生:一棵树上的人群分成两队,争夺一个鱼状的道具,队友间相互传递,试图投进一个篮筐大小的渔网里。

树下世界的嘲讽,消失得干干净净,攀树的行为,成为一种全民时尚。著名的学府里,还专门成立了研究小组,来探讨树上的"求鱼"行为,是如何富有创造性地开拓了人类的生存空间,优化了人类的生态结构。受到鼓励的树上世界,不知从什么时候起,也开始向树下的世界要求各种荣誉,并达成一项重要协议,每年定期在树冠颁发奖金百万的"缘木求鱼"奖,邀请世界各地的贵宾、明星光临、助兴,当然,树枝间要事先安置好舒适的座椅。

随着时间的延伸,树上"求鱼"的人类,不知不觉地分成了两类:一类仍延续过去的惯性,早晨攀树,傍晚下树,但他们"求鱼"的行为已变得心不在焉,就像现在庙宇里上班敲木鱼的和尚;

寓言与迷宫

另一类则如树懒一般适应了树上的生存，觉得自己本来就应属于这片空间，他们干脆在树丫间安下家来，不再下地。然而，无论是哪一类人，以及他们的后人，虽然还在做着各种"缘木求鱼"的游戏，或行为艺术，但都已不知最初的"鱼"为何物。而树上的"鱼"，亦渐渐地演变成了一种类似于龙图腾一般的莫名的存在。

紫金文库

结绳记事

"上古结绳而治,后世圣人易之以书契。"然而,终于有一天,人类再也忍受不了抽象古怪的文字的折磨,他们自发地发起了席卷全球的"回去运动",上古先民的"结绳记事",再次回到人们的日常生活。

人类的身心焕然一新,愉快而轻松。是的,那些烦琐、抽象、遍布陷阱的文字,早已成为愈来愈沉的蜗壳,那么多浩如烟海、以讹传讹的文字记事,给人类带来了什么启示没有?唯一的启示就是:人类的愚蠢依旧,只是披上了花样百出的时装。大彻大悟的人类终于认识到,他们所能拥有的,只能是当下,是及时行乐,把酒换盏。轻松、简洁、有着行为艺术色彩的"结绳记事",无疑适应了这一历史潮流。甚至身居象牙塔中的专家学者们,亦及时出场了，他们不顾悖论地发表长文，从理论上指出，新时代的"结绳记事"，不仅是人类社会发展到一种极致后自发的减负行为，同时，它还将大大进化人类的感觉能力、领悟能力：当你抖开一串绳结，绳结的造型、色彩，便立即唤醒了你的回忆，使你恍若置身于当时的真切场景。而当时场景的每一事物，乃至细节，又意识流般唤醒了更早之前的回忆……如此，如不断倒放的电影镜头般，形成一条愈来愈丰富的回忆之河——所有的时间，即是此刻。

大众不一定能领会专家学者的玄奥，但"结绳记事"的直感、质感，以及编结时的娱乐感、握在手心的玩具感，都使之具有了难能可贵的时尚特征。如同大多的时尚一般，"结绳记事"首先是在年轻人中流行的，尤其是恋人之间。不可否认，"结绳记事"有着心灵记事、情感抒发的优势，年轻人把自己的爱情、心事，编织成各种形状、各种色彩的绳结，赠予对方，检验对方心有灵犀的程度。由此形成的婚姻质量，自然比以往有了大幅度的提高，并使得整个社会对于"结绳记事"的热情，迅速高涨起来，认为可以推广到各个方面去，从而改善人类的社会结构，提高人类的生存质量。而无孔不入的市场，也很快嗅出了利润的方向，它们介入的力量，使得局面有了神话般的发展：一开始，各大商场的货架上，是草草排列的各种色彩、粗细不一的绳子，但随着客户的要求，很快分出了层次，有真丝的，有混纺的，有牛羊绒的，有绿色的来自各种植物的。粗的绳子，可如蟒蛇一般盘踞在专门的装饰柜上，细的绳子，可如首饰一般缠绕在手腕手指上。至于绳结，在商家跳跃性思维的激发下，更是后来居上，呈现出万紫千红的局面：人们不用再费心地打各种绳结，商家早已为你制造好了，你届时只须用别针固定在绳子上即可。绳结也不是简单的几个什么拳头状的表示愤怒，鸟翼状的表示快乐，而是复杂到令人眼花缭乱，日月星辰、花草虫鱼，大千世界的一切，以及它们的抽象变形，都被制成绳结的商品，排列在几乎无穷无尽的超市柜台里，供购者挑选，以淋漓尽致地表达自己。据统计，绳结中仅鸭子游泳的造型，就达一万多种。

"结绳记事"成了一种真正的"全球化"的语言，人类预言中的书籍的死亡、文字的死亡，至此终于实现。人类以绳结记事，以绳结作为馈赠礼品，将绳结披在肩上，挂在腰间作为装饰，以绳结为主题为道具举办多如牛毛的娱乐活动、体育赛事。人类不知不觉中又落入一个绳结编织的网里，但想挣脱的人却寥寥无几，因为还从没有一个时代，人类对自己的情感世界是如此满意。

寓言与迷宫

屠夫的行为艺术

　　行为艺术的发现,让艺术观念产生天翻地覆的改变。一位裸体美女躺在猪圈里,任由那些肥硕的猪贴吻她的肌肤——她想以此来探索人与动物的相似之处,并批判人类自以为比动物优越的意识;另一位裸体美女则与一只猪共躺在一堆杂乱的草垛上,希望通过这件作品淡化人和动物的区别,呼吁人们更多更好地理解这个世界。有趣的是,这两个行为艺术中所选的猪,都是白毛猪,大概是想从艺术的角度,与两位美女白皙的躯体形成某种呼应。只是需商榷的是,两位大胆的美女,都有着苗条的身材,而这实际上削弱了作品的主题力量。如果置换为两位肥硕的美女,无疑更能提醒人与动物之间的平等地位。因此,这两件作品的创作者,显然还有着另外的醉翁之意。

屠夫王二不知从什么时候起，也成了一位行为艺术爱好者，尤其关心与猪有关的作品，并作出视角独特的评品。毕竟时代变了，艺术无所不在，许多之前不登大雅之堂的伎俩，现在不都成了煊赫的中心，一位屠夫为什么不能成为令人尊敬的艺术家。

不论是白猪，还是黑猪、花猪，在我这儿都是平等的，都面临着同一种死亡的困境。屠夫王二开始阐述他的行为艺术：当然，有必要先声明一下，我并没有故意拔高猪，实际上许多时候，猪比人类更显聪颖。当我打开猪圈，把一只肥硕的猪向外牵引时，这只猪凭直觉立即嗅出了死亡的气息，而本能地抗拒着、退缩着，不像许多处于这种位置的人类，还以为是从一个长久的囚禁中被解放出来，而发出狂热的欢呼，愚蠢的庆贺。是的，这就是我的第一节行为艺术——猪圈牵猪。它是对某些人类对未来盲目乐观的一个深度嘲讽，或者说，一种善意的提醒。第二节行为艺术随后开始，同样惊心动魄。这只猪号叫着，被几个壮汉七手八脚地捆紧四蹄，按倒在一张木板上。猪浑身抽搐，发出尖利的抗议。然而，无济于事，我操起一把尖刀，准确而麻利地捅入它的喉咙，鲜红的血喷薄而出，快意淋漓。而猪的尖叫声，亦变成了嘶鸣，并无可奈何地渐渐衰弱。围观的人群，不自觉地向前凑近，脸上荡漾着一种莫名的快感、满足感……这一幕行为艺术——杀猪，显然有着多重的意味，它暴露了隐藏在人类意识深处的无法去除的兽性、嗜血欲，是对人类口是心非的鼓吹与万物和谐平等相处的一个无情嘲讽。它还在深层次上提醒人类，一只猪的死亡，不仅仅属于一只猪，它是生命整体的一个无法弥补的缺失，是所有生命的共同悲剧。

当一只号叫的猪，变成任人摆布的死猪，命运并没有平息。它在沸水里翻滚着，被蜕去白毛黑毛花毛，成为死猪不怕开水烫的寓言。当净身后的白白的肉猪，广告一般悬挂起来，又一个高潮来临，人群提着篮子类的容器，赶集一般蜂拥围来。死去的猪，被迅速分解，猪头、猪尾、蹄子、里脊、胃、肺、腰子、大肠……纷纷有了各自的去向，气氛热烈的买卖声中，猪的死亡的废墟，被人类的食欲搬运一空。最后这一节行为艺术——分解猪的死亡，生动而深刻地揭示了人类与动物之间的真实的关系——弱肉强食的关系，并在象征意义上，进一步探讨了生命的终结——死亡，并非是全然的虚无，而是一幕荒诞戏剧。

凿壁偷光

匡衡凿壁引邻舍之光读书的佳话，启发了无数的寒士，于是，他们都想利用这一模式，从邻人那儿借到光，照亮自己局促的一生。

第一个寒士费了三年的功夫，终于在邻家厚实的墙壁上，凿了一个鼠洞大小的孔，果然，灿烂的金光照耀了过来。他定了定神，不由自主地望过去，却呆住了，原来，他凿通的，是一个小金库，堆满了大小不一的金砖。邻人是一个以清廉著称，一直在讲台上宣示要与民同甘共苦的官员，怎么办？寒士迟疑了一阵子后，豁然开朗，他制作了一个可以申请专利的小铁钩，每夜从相邻的小金库里，钓过来一块小金砖。邻家由于每日都有着令人羡慕的金砖入库，不可能注意到这一微弱的损失，当然，即使注意到了，也不会报警的。这位寒士由此过上了惬意的日子,再也没有翻过一页书。

　　第二个寒士没有第一个寒士的运气,他是一个迂执的读书人。与所有的读书人一般,他时而自视很高,时而又非常自卑。黑暗的封闭中,他的眼前开始出现幻觉。一天,他的室内突然闪过一抹绯红的光,旋即消失于一侧的墙。墙壁的那一边,是一个并不富裕的邻家,有着一位正值妙龄的姑娘,但似乎从未注意过这一边还有着这么一个贫寒书生的存在。苦闷中的书生,从这一抹光中受到启发,认为又是一个古典传奇的开始。于是,他决定行动,算准了墙壁另一边的闺房,充满激情地开凿起来。他相信姑娘也与他一样,正陷入对春光的无限向往之中,只是被深闺困住了,而自己就是那个她梦中的柳梦梅。他感到自己书生的手臂,从未如此有力,每开凿一下,心脏就剧烈地跳动一下。当他终于凿开一个小孔,对着那边的闺房轻柔地呼唤了一声,谁知,却引来了一声凄厉的尖叫。他很快被气愤的邻家扭送到衙门,并冠上"偷窥狂"的帽子。

　　第三个寒士的性格有些孤僻,他居住的,是荒野上的一座孤零零的茅草房。然而,他对凿壁偷光的寓意有了新的领会,他相信每一个人的居处,都被一种"壁"围困着,"壁"的那一边,是被遮蔽的"光"。黑暗中的居住者,必须尽一切努力,将这"光"引入自己的生存,使自己的居所敞亮起来。他的墙壁几乎是由荒野的泥巴和枯黄的芦苇糊弄起来的,因此,凿壁的工作非常轻松。他在东面的壁上凿了一个个小孔,却引进了不绝的蚊虫;他在北面的壁上凿了一个个小孔,却引入了呼啸的寒风;他在西面的壁上凿了一个个小孔，一直使他战栗的狼号，突然显得如在咫尺；他在南面的壁上凿了一个个小孔，不时闪掠的，是盗贼冷酷的一瞥。显然，这样四壁如筛网的房间再也无法居住了，他不得不丢弃对"壁"的那一边的"光"的向往，四方流浪而去，成了一位出色的游吟诗人。

第四个寒士，曾借着家里微弱的光，读了一些书，并接受了一些玄虚的理想。但这维护着他读书的微弱的光，终于有一天维持不下去了，他非常愤懑。他的基本理论认为，世界在本质上是守恒的，此处陷入黑暗，必有彼处光线盈余，因此，应是邻家剥夺了他的光线。他毫不犹豫地找来一把铁器，在墙壁上开凿起来，试图取回属于自己的光线。谁知，刚凿了一半，他的铁器就与对面的一个也在开凿的铁器，叮当撞在了一起——原来，他的邻家也与他有着相似的想法。于是，他们会合起来，向下一个邻家凿去，又是叮当一声的撞击……就这样，他们不断地汇聚着相似的力量，向下家凿去，他们愈来愈认为，一定存在这样一个房子大得惊人、存贮着太阳一般多光线的邻家。他们呼喊着节奏整齐的口号，把这个世界开凿得千孔百疮，也没能寻到那个邻家。因为那个他们想象中的宽敞华丽、贮藏着太阳一般多光线的大房子，根本就不与他们相邻。

披星戴月

从前,有个落魄的文人,一心想做逍遥的隐士。一日,他忽然悟到,没有比"披星戴月"这一形象,更适合一个隐士的身份了。你想,头戴一轮月亮,披着一身星光,消隐在宇宙的空茫里,是何等的境界,既纯粹,又易实施。

他为自己设计的这个隐士形象感动不已。然而,他刚刚在荒野的星月下坚守了三天,就有了一种无端的寂寥之感。他不由自我争辩到,如此美妙的"披星戴月"的隐逸行为,却只有自己一个人知晓,是不道德的,而这一切又将在时间的流逝中,随着自己的离去而湮没,这岂不是人类的一大损失?是的,应该让更多的人知晓并分享这一境界。

于是,他邀了几位同样落魄的文友,来参观自己的隐逸行为。

他们陆续拜望了数次，还摇头晃脑地吟下"披星戴月何处寻"之类的诗句，但由于这位隐士的餐饮状况太差，一切又很快归于可怕的寂静。

既要"披星戴月"的隐士身份，又不甘寂寞的他，只得挖空心思，想出一些招数。比如，在打坐的地方，不断地布撒一些稻谷，引得夜游的鸟在周围盘旋，营造出一种诡秘的氛围，进而在众口相传中变得耸人听闻。后来，更发展到那些白天觅食艰难的鸟，也加入了这一诡秘的盘旋，无数的鸟影，星月里翱飞，出没，而这个人禅坐着，无声无息，似乎已以某种方式控制了一个世界。他成了一个被人敬畏的奇人。

然而，他的这些秘术，终于被邻村的一个孩子发现，并透露了出去，人们大笑着，一哄而散。

这位隐士寂寞了一段时间后，突然在各类媒体的醒目位置发布消息，他要在某个神奇的夜晚，表演旷古未闻的"披星戴月"行为艺术，人类沉睡的感官，将受到又一次的唤醒。沉寂的荒野，黑压压的人群如赶集市一般赶来，嗡嗡议论着，被安保人员安排到选定的区域。随着扩音器传出的一声咳嗽般的棒喝，嗡嗡声平息下来，世界一片神奇的宁静。星垂荒野，明月东升，这时，这个昔日的隐士，从一棵松影里踱了出来，只见他全身赤裸，一丝不挂，庄严地走向高处一个早已备好的祭坛，然后双手合十端坐，嘴里念念有词。从设计好的观众的位置望去，一轮散发光晕的月亮，刚好顶在他的蓬发如草的头上，迷离的星辉，流泻在他瘦骨嶙峋的躯体……

沉默了片刻的荒野,忽然骚动起来,受到这古怪而新鲜的场面刺激的人群,蜂拥向前,无数的采访话筒,争先恐后地伸到这个人的面前,以至于保安人员不得不出面维持秩序。

这个昔日落魄的文人,最终成了一个名人,各种可观的广告费络绎而来。据最新消息,他已经准备成立自己的"披星戴月无限公司",并择在又一个神秘的夜晚开张。

紫金文库

纸上谈兵

"可以肯定地说,我的战略思想与作战计划,是完美无缺的,只是由于一些意外因素的干扰,改写了历史。"借着地狱的微光,赵括仍在固执地书写着他的申辩书。

"长平之战之前,我就已从战略上明确指出,廉颇的守城之策,只是苟延残喘之举,徒然地消耗着更为擅长进攻的赵军力量。面对人力物力远为丰盛的虎狼之秦,它无疑是在等待失败的来临。实际上,在秦军一波波恐怖的攻击面前,廉颇的防线早已摇摇欲坠,命悬一线,就差压垮骆驼的最后一根稻草了。而且,据当时得到的可靠情报,秦军已经寻到廉颇漫长防线的薄弱处,凭他们可怕的攻击力,将会在极短的时间内,从突破口包抄到廉颇后面,将长平彻底困死,结局将比我的还要悲惨,连有零散的士兵逃出去的可能性都

寓言与迷宫

不复存在。

"因此，我一接掌帅印，就按图纸拟定的计划发起攻击。然而，此时，我还不知道赵国的情报部门已先行败下阵来：我刚刚赴任，秦国就得知了消息，并立即招来了白起，一个精于防御的军事天才，而我方的情报部门竟对此一无所知。但尽管如此，我制定的进攻计划，还是立竿见影地收到了成效，秦军节节败退，我军气势大涨，战局得到了令人鼓舞的逆转。慌乱中的秦军派出两队不值一提的人马，企图绕到我的身后，分散我的注意力。早已熟知这一带地图的我，轻蔑地一笑：长平谷地复杂莫测的地形，使这两支小部队的莽撞，更像是一种自杀行为。但我方的一些高层将领，却无知地开始动摇军心，尤其廉颇的一些残余死党，更是借机制造混乱，企图为廉颇招魂。我果断地给予了镇压，毫不妥协地继续发动波浪式的进攻——我的目标已经在望。按照我的精密计算，完全可以在预定的时日内，了结这场战役。"

"然而，战役进行到紧要关头，我可悲地发现，这支赵军已不是我父亲手上的那支攻无不克的精锐之师了，他们那曾无敌于天下的强悍攻击力，不可思议地钝化了。是的，是廉颇，是他的调教，使一支伟大的军队，成了一团似乎更知道如何龟缩的乌合之众。赵军自己的混乱，给已然无望的秦军制造了机会，占据了上风的赵军，反而诡异地落入了即将溃败的秦军的口袋。如果说长平之败有我的一点责任，那就是我的不察，竟然不知道伟大的赵军已然堕落到了如此地步。

"无奈之下，我在荒野布下铁桶阵，固守待援，同时整顿涣散的部队，唤醒他们曾有的荣誉感。这时，我的天才又灵光一闪，何不借此机会，吸附住远道而来、疲惫不堪，且力量已分散的秦军，待赵国援军一到，形成反包围，彻底击垮秦国。显然，秦国意识到了致命的危险，不顾一切地驱动增援部队，以空前的速度与时间竞赛，他们甚至把15岁以上的男丁全数编入军队，孤注一掷。然而，这段宝贵的时间内，路途并不迢迢的赵军，却不可思议地反应迟钝，就如同他们之前迟迟地不肯更换廉颇，他们只派来了一支象征性的援救部队，而且一路畏葸不前。赵国就这样失去了一个命运赐予的彻底击垮秦国的机会。这里，我要严厉地抨击赵国腐朽的官僚体制，如果不立即进行行之有效的政治改革，它的亡国之期就不远了——事实也是这样，没有进行任何政治改革的赵国，在我预算的时间里，分毫不差地覆亡了。腐朽的、不思改革的官僚体制，要承担长平之败的主要责任。

"人所共知，我的突围结局非常悲惨。但在逻辑上，它不应该是这样的，我的突围计划与之前的进攻计划一般，完美无缺。我以声东击西的战术，制造了一个秦军的薄弱处。当我率领剩下的主力精锐，突破到已望见援军旌旗的时候，我的马蹄不幸绊了一下，我随之一个前倾，一支飞来的流矢刚好插入我的太阳穴，于是，一切崩溃。但是，我仍然要强调，面对这不合逻辑的偶然力量，任何强有力的人物，都无法与之抗衡。偶然的命运改变战争的轨迹，这样的例子在战争史上屡见不鲜，我只不过是又一个牺牲品而已，但远

寓言与迷宫

非最后一个。

"是的,我的事业以悲剧收场,但又有谁的一生以喜剧收场。世间的所谓胜利、欢呼、失败、呻吟,很快就将烟消云散,不值一谈。现在,我坐在地狱里,写着我的申辩,所有从事杀伐的军人,无论是胜者,还是败者,都将会聚到这里,一切都有可能翻盘。在这里,最锋利的武器是笔,是记录的纸,它所进行的战争,将最终决定天平的倾斜。是的,我已感到,那天平正在向我倾斜,并抖落那些所谓的胜利者,尤其那可恶的白起——一个屠夫,而非军人。我将见到他狼狈的逃窜,被四十万冤魂不舍地追杀。他将永无宁日。而我,赵括,将成为长平之战的最终胜利者,在永恒的纸上,为后人铭记。"

古　尸

有一具千年古尸，挣扎着，从一场噩梦中醒来，发现自己被浸泡在一种有着刺鼻气味的液体内，周围隔着玻璃。奇异服装的人流绕着圈子，指指点点，不时发出惊叹"真是奇迹"！

这是什么地方？古尸懵了。他记得是在一场山动地摇的轰响中进入噩梦的，但现在，是否又从噩梦跨入了另一个荒诞的梦。他感到不寒而栗。

待游人散尽后，古尸试着用手指掐了掐自己的躯干，以寻找一些存在的证明。奇怪！这是谁？又干又瘦，像一捆木柴。古尸惊惶地支撑起半个身体，又是一阵晕眩，这哪儿还是自己？尤其令他难堪的是，作为一位有身份的人，他竟然赤身裸体，从胸腔到小腹，袒着一条长长的缝，用针线连缀着。他恼怒地在缝口处掰了掰，一

寓言与迷宫

点都不疼，他索性像帆布一样将肚皮全部扯开，里面空空如也，心、肝、肺、胃，全都不翼而飞。他感到一种无比的羞辱、耻辱，只想找父母哭诉。

古尸终于使自己冷静下来，用目光扫视着周围的环境，发现右侧的一排木架上，罗列着许多同样透明的玻璃瓶子，浸泡着一团团令人恶心的东西，标签着"古尸的心""古尸的肝""古尸的肾""古尸的生殖器"……古尸终于按捺不住愤怒，顶开玻璃盖，冲了过去，将这些东西全都塞回自己的肚皮里，然后，在相邻的展厅，扯下一件熟悉的锦袍，裹住可怕的躯体，乘着夜幕逃了出去。

全城警笛大作，一片混乱，国宝失窃的消息，以及各种离奇的传说，充塞着各类晚报、小报。实际上，这具古尸已经为这个一无所长的荒漠中的城市创下了近三千亿美元的旅游收入，已经成为这个城市的荣耀和代名词。古尸当然不可能逃远，在一场真正的全民追捕运动中，他很快被押上了法庭，枯干的躯体不停抖动，锦袍作为罪证已被剥去。法官敲了三分钟木槌，才使全场安静下来，然后，以最高法院的名义庄严宣布："古尸犯有盗窃国宝罪，判处无期徒刑，立即执行，押进玻璃棺材。并立即交还博物馆心、肝、肺、生殖器……以及锦袍。"全场一片欢呼。

古尸实在无法接受这样一个睁着眼睛没有尽头的噩梦，请求用车裂将他处死，或让他直接跳楼。但陪审委员会认为，古尸的任何缺失，哪怕只是一根发毛，都是国家不可弥补的损失，是人民不能答应的，况且 21 世纪早已没有了车裂这样不文明的刑罚。同时，陪审委员们还建议，在玻璃棺材内增加固定古尸的五处镣铐，以防古尸的再次疯狂行动。

　　这具被重新掏空了心肝的古尸，又被安置在豪华的玻璃棺材内。他徒然地试图扭动躯体，发着疯狂的别人听不懂的诅咒——而他也确实疯了。然而，这一奇特的消息通过互联网很快轰动了全世界，大批的游客和钞票几乎挤爆了这个城市，据说火星人也已乘上了飞船，正赶在途中。

烂柯人

有一个人,受"世界轴心"的启发,认为每个人的身上也都有这么一个"轴心",如果让这个"轴心"反向旋转,那么,就可以使时间倒流,并借此修改以前所犯的一切错误——这些错误一直纠缠着他,使他懊恨至今。由于偶然的灵光一闪,他在自己身体的某个不便言说的部位,寻到了这个"轴心"。

兴奋之余,他唤来自己的妻子,虽然她的脾气不好,但比较而言还是值得信赖的,尤其是有着共同的利益追求。如果朋友之间玩个恶作剧,就有可能把他反旋到虚无之中,并攫走他的果实。他小心地把"轴心"的位置指点给妻子,关照她只可反转三圈,一圈代表十年,他与妻子刚过耳顺,反转三圈,则是回到二十岁,待重新干一番事业后,再携成果来与妻子相会。由于过分的担心和害怕,妻子把"轴心"反转得极其缓慢，简直比不上一只蜗牛的蠕动，这时，一个意料之外的情况发生了，在"轴心"的缓慢反转中，这个男人从五十岁至二十岁之间的一切举动，包括那些荒唐至极的行为，如倒放的电影胶片般，在他的妻子的眼前一一呈现。这当中，有那些令他们共同痛心不已的失败，还有失败的间隙，她的男人因为泄愁而与三个女人的幽会，那种忘我状态的亢奋，简直令她羞怒难言，恨不能立即转掉他的脑袋。当然，随后出现的他们的蜜月时光，使她稍稍平息了一下怒火，只是嘴里唠叨着："等他回来以后算账。"毕竟五十岁的女人，利益高于一切的。

转了三圈后，妻子放下手臂，这时，她的面前出现了一个熟悉的健壮如牛的小伙子，然而，却瞪着一双迷惘的眼睛，扫视着周围的世界，不知所措——这个人只是自己的"轴心"反转了三圈，而之外的世界和它们的"轴心"并未随之反转。因此，这个人就如同鲁滨逊漂流到了一个陌生的荒岛上，一切得从头开始，根本谈不上什么修正以前所犯的错误。而且在时光反转的晕眩中，他也早已忘了以前究竟犯了一些什么错，他成了一个被时光抛弃的人。

脸上挂着皱纹的妻子，每天目送着这个健壮如牛的小伙子梦游一般地出门，又失魂落魄地回来，知道家庭计划泡了汤。失望之中，新恨旧仇涌上心头，她再也按捺不住，一把揪住这个正在发呆的可怜人的"轴心"，顺转起来，她要把他揪回来，狠狠教训并发泄一通。谁知情急之中，她旋过了三圈，面前竟出现了一个白发苍苍的老者，颤巍巍地寻找拐杖。她只得又忙着反转，谁知"咔嚓"一声，那个老朽的"轴心"不堪受用，断在了她的手中。

寓言与迷宫

抉 择

有个秀才，茫然游走着，不小心掉入一口枯井里。他大声呼救，但因在村子的边缘地带，且已入夜，始终无人回应。他揉着摔痛的腰，不由抱怨起莫名其妙的命运。

本来，在这掌灯时分，按往常习惯，他已惬意地摊开一本书。但今天不知怎么回事，他怎么也看不下去，或许是上午时，他的一首得意的诗作被诗友奚落了几句，不快的心情还未调整过来。终于，他与一只叮了他一口的小花脚蚊子较上了劲，推开书，满屋子追着跑。谁知那蚊子异常狡猾，神出鬼没，根本不给他从容拍击的机会。他不光两次撞倒了油灯，还把老婆从娘家陪嫁来的一只大花瓶给摔碎了。老婆不由分说，扑将上来，把他的书案上的书乱扔了一地。老婆的脾气本来还不错，但最近好像进入了更年期，傍晚收鸡笼时发觉少了一只鸡，一直唠叨着。这会儿，她更振振有词了："老是看书！老是看书！你的书能找回来那只鸡吗？"

书生看看形势不对，压下愤怒，摔门而出。他本来是想往村西头的，那儿有一片大湖，风景怡人，尤其在月下，天地一片澄澈，是排遣忧思的好地方。可这条路经过村上的王二家，王二家养了一条大恶狗，此刻，他对咆哮声尤其敏感。于是，他的脚步不自觉地向东折去。

他茫然走到村子东边，路南面的一处隐隐树影里，忽现出一星灯火，他不由心一动：是张寡妇家。他曾与张寡妇有过一段眉目传情的时间，正准备有进一步的亲昵时，老婆不知怎么听到了风声，一番吵闹之后，他被迫中断了浪漫。现在，这一星灯火，仿佛激活了他心中死去的那一段时间，是的，他必须去，撞一撞自己的运气，或许，多情的张寡妇也一直在守着他，已望穿秋水。他的心怦怦跳动，浑身燥热，慌不择路地向南面的那片树影折去。他的眼前开始闪现与张寡妇亲昵的场景，他正感受着一种无以言说的甜蜜时，咕咚一下掉进了这口枯井。

秀才一向要面子，要尊严，他无法面对这眼下的局面。他蹲在枯井里，仔细分析着每一个原因，原因后的原因……以及它们之间偶然的不可知的组合，只要这其中有一丝误差，他就不会落到这步田地。而明天，谁将第一个发现他呢？——愤怒的老婆？叹息的张寡妇？或某个路过的村人？其中会不会有一个可怕的命运在守着他？唉！他既不知道命运，更不能选择命运，如何在命运面前保持一个秀才的尊严呢？要么，就这般在枯井里蹲下去，一声不吭，或许能获得一个清晰的自己选择的命运。

许多日子后，村里的孩童在戏耍时，偶然发现了枯井里死去的秀才。当村人们设法把他弄上来时，他的脸上还挂着一丝古怪的微笑。

第四辑 新世说

勇 士

从前，楚国有位勇士。一天夜里，他做了一个梦，梦见一个背黑色剑囊的人，在他经常经过的路口向他挑战，并击败了他。

梦中醒来后，勇士一直闷闷不乐，他感到受到了污辱。他决心找到那个背黑色剑囊的人，不惜一切代价地将他击败。于是，他来到路口，搭了一个简陋的小棚住下，剑再也没有离开手心。但他守了许多年月，也没能见着那个背黑色剑囊的人。终于，他等得不耐烦了，他感到衰老正不可抗拒地来临，便回家躺在床上，整顿好衣冠，抚剑自杀了——他试图借道死亡重新回到那个梦中，寻找他的对手。

而这时，背黑色剑囊的人却在勇士守了许多年月的路口现身了，他向每一个过路的人宣称，这位勇士是古今最伟大的诗人。

雨中人

天空乌云翻滚，落下一场暴雨。

人与家畜皆仓皇奔逃。

但仍有一个人静静地坐在旷野，承受着这场雨。

他说，这场雨是为他而下的——这场雨正全部倾注在他的身上。

没有人反驳他的说法，因为他们都仓皇地避雨去了。

雨中的树木、小草也没有反驳他，它们认为雨中人是自己的同类。

于是，这个人独自命名了这场雨。

陷　阱

从前有个人，他一觉醒来，发现床铺周围，乃至整个世界的下面，都密密麻麻地布满了陷阱。于是，他便终日躺在床上，怎么也不肯下来。至于外面往来的行人，他认为只是梦中的幻境。

终于有一天，邻居实在忍受不了他的屋内散发的臭味，捂着鼻子，走近他的床边，贴着他的耳朵喊道："你的床快落到陷阱的底部了。"

他一听，立即翻身下床，狂奔起来。

但现在的问题是，没有人能阻止他的狂奔，因为他认为，一旦停止了奔跑，就会直通通地掉下去。

树与影子

从前有个人,他害怕自己的影子会被日渐炎热的太阳烤干,就和自己的影子一起居住在树的影子里,太阳移动,他也随着移动,方向自然是与太阳的相反。偶尔外出取些生活用品,也是疾步如飞,如躲暴雨似的躲着阳光。

到了夜晚,树的影子缥缈起来,他也不愿离开。他觉得月光过于清凉,像刚从冰窖里取出来似的,这会使他的影子感冒。

然而,秋天来了,秋风一天比一天凉,凋零的树叶愈来愈多。渐渐地,他已能从稀疏的树影里辨析出自己的影子,它与树影瑟瑟相依的样子,不禁使自己潸然泪下。

当最后一片树叶凋零之后,地面枯干的树影,使他不胜寒冷,只好向居住在树影里的时间告别。然而,当他刚刚脱离枯干的树影，一个奇景出现了，他的影子立刻变成了一棵摇曳的树影，仿佛在浓郁的夏日风中。

但这个人却没能看到这些，他拽着他的奇异的影子，孤零零地在寒风中远去——他的眼睛已在日光中失明。

富　人

　　从前有一个富人，他每得到一件珍宝，就把它收藏到屋宅的某个位置，并且不再探视。于是，这件珍宝便在他的记忆与思念中，不断地增值着。

　　后来，由于收藏太多了，许多先前的珍宝竟从记忆中消失了，以至于他有时碰翻一只花盆或瓷瓶，碎片间便会跳出一件新奇的宝贝——这使得他喜出望外，不停地用手摩挲着那陌生而熟悉的光泽，认为是命运的赐予。

　　就这样，这位富人在不断地收藏与遗忘中，体味着时间带给他的乐趣——某个时刻，他甚至认为自己已拥有了一个神秘的无限。当最终的死亡逼近时，他亦是充满期待地注视着，认为那黑色的封闭中，或许会迸出一些闪亮的东西——属于他的收藏。

惠施的鱼儿

游学天下、满面风霜的惠施，终于想还乡了。远方那葱郁的家园，儿时的回忆，现在已成了生命的唯一。

归途的一座木桥上，惠施刚巧又遇到了庄子。老家伙也已是一脸风霜，正扶着桥栏，专心地望着水里的游鱼：

"多么快乐的世界！"

"你不是鱼儿，怎么知道鱼儿的快乐？"一遇见庄子，惠施的拗劲不知怎么又上来了。

"我当然知道，"庄子回道，但语气节拍出乎惠施的预料，比往日平缓了许多，"唉！它们一直游在我的心里，怎么也驱赶不去！"

"唔——是的！我感到它们也在向我游来……"

惠施道别了庄子后，不由加快了回乡的步履。

长竿入城

从前有位楚国人，手握一根长竿，欲入城门。竿太长了，竖起来，进不了，横过来，也进不了。正折腾之际，来了一个智者，对他说道："何不把这根长竿从中间锯断，长度只有原来的一半，不就可以从容进城了。"

鲁国人恍然大悟，借来一个锯子便锯起来，旁人都笑他傻，然而，他冷静地回道："你们怎么会明白呢，我已得到了一种宝贵的思想！因为，在今后的日子里，我还将面临更小的城门，那么，我都可以用将长竿从中间不断锯断的方法来对付。甚至我那矮小的蓬门，土墙一侧的狗洞，墙角的鼠洞，我都可以依此原理而进入。"

旁人不解地问道："是的，你可以把你的锯成无数截的长竿插入一个鼠洞，可你人还在鼠洞外面呀，总不能把你自己也锯短吧？"

鲁国人得意地回道:"没有必要。这些锯成无数截的长竿进入鼠洞,就等于我的思想进入了鼠洞;我的思想进入了鼠洞,不就等于我也进去了!"

半途而废

从前,有位读书人,他出行时,沿着一条道刚走了一半,便又踏上另一条道。如果中途没有分道,他就转身折回。他一辈子没有干成一件事,却乐此不疲。

邻人不解地问他:"你到底想到达哪儿?"

"到达旅途的一半。"读书人微笑着答道,"而你,又想到达哪儿呢?其实,任何一条路的终点,都只存在于它的遥视,如果你执意到达那里,就如同进入了一朵云的内部,得到的只能是一片迷雾、虚无。所以,尽管你一直在不断地跋涉,却连处于世界的何处位置都无法确知,所有的一切也就随之失去了意义。最终,你只能清醒地抵达一个终点,那就是死亡。而对于我,至少,我知道每次出行所到达的准确位置,这就够了。我始终保持着对一条路的终点的一半距离,或许,在这惯性中,对于所有人都唯恐避之不及的终点——死亡,我也能保持一半的距离。"

当这位读书人在孤独中,咽下最后一口气前,终于对因怜悯而伴着他的邻人道出了半途而废的缘由:"我是害怕穷途而哭。作为一个拘谨的读书人,我实在不知道怎么站在路的尽头,对着虚无的世界放声大哭。"

寓言与迷宫

杞人忧天

终于有一天,天塌了下来,像一堆破碎的冰块。杞人躲在一块石头下,惊奇地看到,芸芸众生仍蚂蚁一般爬行着,若无其事。

塌下来的天很快又化成水一样的东西流走了。

朝生暮死

有一只蜉蝣,听从了一位哲人的劝告,决定从舞蹈不息的世界里退出来,领略一下另一个世界——人的世界的风光。

然而,当它睁开眼睛,扫视周围的时候,却仿佛来到了一个死寂的世界———一切都几乎静止不动,看一个正百米冲刺的人的运动,就像人观察一片树叶生长那样的缓慢。它很不习惯,而且,以前可以从容对话的风声鸟语,也变得难以忍受,就像一张唱片被无限放慢后的奇怪噪音。

于是,不顾哲人的挽留,蜉蝣又舞蹈着回到自己短暂的时间中去了。

治疗死亡

从前，鲁国有位医生，他认为人是完全可以避免死亡的。

因为，每一个正常死亡的人，都不是突然坠下深渊的。这位医生论述道，实际上，从人出生的那天起，死亡就开始蚕食他的躯体，不断地拓展疆域，直至把这具躯体完全变成死亡。

因此，医生继续推断，如果在死亡刚刚吞噬了人的微小部分时，就立即割除它，如挖去一只苹果中已经腐烂的部分，并一直防微杜渐着，那么，从逻辑上说，这只苹果就有着永远存在下去的可能。

然而，人体的这一部分"死亡"在什么具体位置，如何分割，都令医生大伤脑筋。更出乎医生预料的是，在治疗死亡的宣传运动中，芸芸众生根本就没有人认为自己的体内存在着需要割除的"死亡",如避乌鸦似的躲着医生。

这位医生只好无奈地提着手术刀,叹着气,注视着人类的继续走向死亡。

涸泽之蛇

湖泊终于干枯了。

一条大蛇衔着一条小蛇,以一种奇怪的造型游向远方。一路上,人们纷纷开着绿灯,称之为行为艺术。

而它们实际上是在亡命。

塞翁失马

从前有个人,拥有着一个难以计数的庞大马群,以至于他每隔一段时间,必须要丢失一匹马,才能感受到这个马群的存在。

蛇与草绳

有位诗人认为,草绳始终是在游动着的,而且比游动的蛇更为令人惧怕。

因为它始终游动于"蛇"的静伏之中。

刻舟求剑

当全世界都在嘲笑那个楚人的时候,他却坐在舟上写着他的日记:

"只要那个印记存在,那把剑就不会消失,并将在水中繁殖为无数。"

掩耳盗铃

事实是,这个人成功了。

掩耳这个姿势使人们不再听到铃声——他们为这个姿势所迷惑。

叶公好龙

叶公所好之龙,乃"画龙点睛"之"龙"。这条过于好事的龙,本不该把它可怕的脑袋探进窗户里来的。

但无论如何,这次事件是"真实"在历史上主动向人类呈露的第一次。

螳螂捕蝉　黄雀在后

终于，螳螂的第八万代孙子决定退出游戏圈。循环被打破，大家都被迫学蝉，成了素食主义者。

郑人买履

历史已经证明,郑人携尺寸买鞋,是完全明智的行为。

如今,人们已不再相信自己的脚,有些人甚至就认为其不存在,只是某种鞋形的感觉。

纪昌射箭

有个好胜的年轻人,也想成为纪昌那样的弓箭手。

于是,根据纪昌的传说,他用牛毛系着一个虱子,悬于窗口,目不转睛地盯着。他相信三年之后,虱子会大得像车轮一样。然而,不到一个时辰,吊着的虱子就从他紧盯的视线中消失了。

沮丧的他只得跑去向纪昌讨教。

"老实说,虱子有时也会在我的视线中消失,"纪昌回答道,"但我知道,它仍在那儿——"

庖丁解牛

在近乎艺术表演般地解剖了无数头牛之后,庖丁俨然成了一代大师——他踌躇满志,准备用那把牛刀解剖整个世界。

一天,他刚从庄子那儿得意扬扬地出来,遇到了老子,便继续描述起自己的宏图。

"你能解剖水吗?"老子问道。

庖丁呆住了。

庄周之辩

就在庄周羡慕水中鱼儿的愉悦时,惠施拱着袖子走了过来,很有些嘲弄地问道:

"你不是鱼儿,怎么知道鱼儿的快乐?"

"你不是我,怎么知道我不知道鱼儿的快乐?"

……

眼看问题无解,两人便设法弄来了那条鱼儿,盘问了半天,鱼儿只是不耐烦地甩了个尾巴。

"我们把它红烧了,怎么样?"惠施用探寻的目光瞄着庄周。

庄周若有所思地点了点头。

唇亡齿寒

感到有了资格的唇对齿嘲笑道：

"瞧你！盔甲整齐，仪表堂堂，就知道整天躲在后面咬食物，哪儿还有一点大丈夫的样子。"

受到羞辱的齿，有的躲缩起来，有的则激怒地蹦了出去。

唇还在唠叨着，不知道自己已成了一个萎瘪的老太婆。

多歧亡羊

有个人遗失了一只羊,却仍泰然自若地坐在门口晒太阳。

邻居们都为他着急:"还不抓紧时间去追!否则,歧路中有歧路,歧路的歧路中又有歧路……到那时,就连羊的影子都摸不着了。"

这个人不紧不慢地论述道:"在所有的歧路之后,最后余下的一条,必然是回来的路。离去的路与回来的路是同一条路。"

邻居们都笑他傻,但不知道他确实是一位智者。

日　喻

有个生来就双目失明的人，求问太阳是什么样子。有人告诉他："太阳的样子像一只铜锣。"

于是，他一听到铜锣的声音，就惊呼："太阳！"

他理所当然地引起了一片嘲笑。

而有位诗人却由此触发灵感，写下了"阳光的灿烂有如热烈的铜锣"，人们纷纷赞美这是一句好诗，诗名不胫而走。

寓言与迷宫

惊弓之鸟

有一只受过箭伤的大雁，一听到弓弦的扑扑声，便浑身颤抖，无法飞翔。后来，发展到了一听到与扑扑相似的声音，旧伤部位就从里向外撕裂，而且要痛楚好多天。它实在忍受不了这个折磨，便选了一处偏远的灌木丛，隐居起来，双耳终日戴着塞子。

然而，终于有一天，它的孩子们又要学习飞翔了。它苦苦哀求它们不要出去，或者等到它双眼一闭，什么都管不了的时候。但孩子们还是趁着它午睡的工夫，偷偷飞了出去——当它们兴高采烈地回来时，发现它们的父亲已死在门口，耳塞丢在地上，旧疮迸裂。

涸辙之鲋

一条鱼,因为守着另一条鱼,不幸落入了涸辙。于是,它们不住地往对方身体吹着潮湿的泡沫,以维持皮肤的湿度与生命。

它们自知来日无多,便以最后的力气紧紧相拥着——

"亲爱的,来世我一定做你的妻子!"

"亲爱的,来世我发誓一定为你捉到水草间的星星,披满你的全身!"

两条鱼相拥着,几乎同时断了气。

不久,它们的躯体在日光下树叶一般地干枯了。

不久,它们干枯的躯体成了分不清彼此的一堆灰尘,一阵风吹来,消散得无影无踪。

一条身穿防旱服的摄影师,坚守了十二年,终于等到了这一激动人心的时刻。他不停地忙碌着,把一幕幕场景,无一泄漏地,向全世界做了连续六十六天的实况转播,以至于全世界的鱼所流的眼泪,竟汇成一条小河,汨汨地流过两条鱼曾相濡以沫的涸辙。

井底之蛙

因为名气及门票的收入,终于小康富裕的井底之蛙,在大龟的怂恿下,决定来一次环太平洋旅行。

然而,路程刚赶了一半,还没见着大洋,井底之蛙便神色紧张地回来了,匆匆坐回井水中那块孤岛的石头上——它害怕位置被别的蛙占了。

而它的嘴里还在不住地唠叨着:"大海不过如此,不过如此!"

螳臂挡车

经过健身房的十年苦练之后,螳臂终于变得巨大无比,螳臂上的每一根刺都有如匕首,令对手心寒。

于是,螳螂租了一辆吊车,把自己搬到马路中心,高举螳臂,威风凛凛。果然,最前面的一辆轿车一声急刹,而后面的车辆亦纷纷随之急刹,并绕行,哀鸣不已。

找回自信的螳螂,又令吊车把自己搬了回去——它细弱的腿和枯干的翅膀,已无法支持如此巨大的螳臂。

黄雀与大鹏

"大鹏是莫须有的！"

"大鹏是一种幻觉！"

"有谁真正见过大鹏！"

"谁也没有资格拿大鹏来嘲弄我们！"

黄雀们缠着庄周，吵成一团。

这时，一片乌云压了过来，并不时地向旷野击出闪电。

"大鹏！"

黄雀们呼啦一下，躲进了荆棘丛。

鹬蚌相争　渔翁得利

时间：上一次的事件之后。

蚌放心地躺在沙滩上，懒洋洋地摊开两扇大壳，晒着太阳。它想：如果鹬来吃我，就会被渔翁捉住——渔翁对一只鹬肯定比对一只蚌更感兴趣。

鹬在一旁踱着步子，石缝间吃些小虫，不时地看一眼袒露的蚌，咽着口水，心想：这肯定是渔翁的又一个陷阱，我不会再上当了。

而渔翁则躲在一块石头后的阴影里，紧张地守着，冻得浑身发抖。

这一天，大家都平安无事。

南辕北辙

路口。一位诗人问农夫:"往S城怎么走?"

"向南。没多远!"

诗人却勒转马头,向北而去。

农夫忙追问:"先生不是要到S城吗?"

"是的。向北一样地可以到达。"

"虽然我也知道地球是圆的,但这不耽误了你更多的时间?"

"是的。我是在有意地延宕或逃避到达S城的时间,虽然我最终会到达它。在我向着S城的行进途中,S城的雄伟轮廓,以及关于它的种种神奇传说,时时闪现于我的脑海——而当我一旦抵达它,所有的这一切,都将在残垣、碎砾、市声、灰尘、乞丐……乃至一个守门人的叱喝声中消失。我到达S城之时,即是S城的崩塌之日。"

"那你为什么还要去 S 城？"

"因为我没有别处可去。"

说完，诗人策着马，向着北方的荒野缓缓行去。

楚弓楚得

游侠终于老了。一次，他出游的时候，不慎丢了一张弓，朋友们都要帮着去寻找，他却摆手制止了：

"我何尝与这张弓分离——现在，我与这张弓不都还在这片楚国的土地上，这片土地又附着于地球，地球又居住于太阳系，太阳系又包裹于银河……在这无限的空间的挤压中，我与这张弓将被铸为一体。"

朋友们都有些不解：

"难道你与这张弓射出的箭，又扎回了自己。"

"不！那支箭从来就没有离开那张弓。"

这位游侠从此退隐江湖，无限快乐地陷入哲人的冥思之中。

望洋兴叹

终于有这么一天,河伯乘着一艘高科技快艇,从黄河出发,环北海旅游了一圈。

"不过如此!"河伯似乎阅尽沧桑地感叹了一声,跨下船舷。昔日的那种对一望无际的汪洋的敬畏,一下子消失得无影无踪。

"你进入过另一个大海吗?"他脚下踩着的一粒沙子突然蹦了起来,"而且更为深远。"

"它在哪里?"河伯嘲弄地捡起这粒沙子。

"哈哈!就在一粒沙子的内部。"这粒沙子在河伯的手掌间,星星般眨着眼,"但你却进入不了,因为你还是一个未得'道'的人。这海边铺陈的无数的沙子,每一粒沙子的内部,都喧嚣着这样的一个大海。"

河伯沉思了一会儿,长叹一声,离开北海。

吕梁丈夫

孔子讲学，来到吕梁，只见悬水三千仞，流沫四十里，却有一奇男子，从容出没于险浪与漩涡。不由赞叹道：

"真是一个得了水之'道'的人！"

"我不知道什么是'道'，"那男子得意地回答道，"我从小生长在水边，只感觉在水中畅游时，有一种天空翱翔的感觉。"

"但这天空，仍是你从水中感觉到的天空，是水的一种延伸，与鹰的天空无涉。"

"先生是说，我虽然得了水之'道'，但同时也禁锢在了自己的水中！"

那男子翻身出水，恭敬地来到孔子身边。

不死之药

终于,有一位医学家向世界宣称,他已研制出一种不死之药。这种药是专给死去的人服用的,服了之后,将立即脱离死亡,进入永生,就如同活着的人服了毒药,立刻进入永恒的死亡一般。

显然,这样的逻辑是成立的。

许多濒死的人急匆匆地购买了这种药,但没有一个人考虑死后如何服下这服药。

黄粱一梦

一位书生在一场梦中，发现自己成了国王，并享受着一个国王应有的荣华富贵。于是，他决定不再醒来——他认为这样的话，当他的躯体腐烂时，他的梦仍在继续。

精卫衔木

时间：精卫衔木以填沧海的六万年之后。

沧海终于屈服了——它清楚自己并不是无限的。

精卫亦停止了努力——它明白自己只是将海水驱赶到了另一些地方。

愚公移山

终于，愚公的七十二代孙子停止了挖山的行动，他在晚报上登了一则消息：据可靠勘探，王屋山和太行山的下面，可能蕴涵着巨大的金矿……

不到一年时间，王屋山和太行山便消失了，并出现两个巨大的湖泊，成为一处意味深长的风景旅游区。

自相矛盾

自那件尴尬的事情之后,楚人决定让他的儿子卖矛,自己则去另一个城市卖盾,再约定时间调换位置。

于是,那件尴尬的事情再也没有发生。

仓颉造字

仓颉造字的时候，旷野隐隐传来鬼的号哭——
这个世界，终于出现了它们的囚牢。

山鸡舞镜

据《异苑》载,有一种山鸡,一旦见到自己镜中的影像,就会舞蹈起来——而且一直不停地舞着,直至力竭而死。

这只不凡的山鸡,在一种蜉蝣的时间中,幸运地拥有了那耳喀索斯的永恒之美。

一目之罗

从前有一个捕鸟人,制作了一张只有一个洞眼的网。他认为,捉住了一只鸟,就意味着捕获了全部的鸟。而如果网住了两只,或更多的鸟,则什么也不能代表,充其量只能算是一次成功的捕鸟行为。

这张从没有捕过一只鸟的网,却使他的后人无比崇拜,一直收藏在博物馆的最显要的位置。

网开三面

从前有个人,布下了一张只有一个面的网,用来捉鸟。

当然,他没有捉到任何鸟。但他却以这面网为边缘,使这面网之外的无限的空间,成为一只笼子的空间。

嫦　娥

民间流传着，嫦娥不耐广寒宫的寂寞，确曾在某个日子悄悄地回到了地球——但她所面临的，是比月中更深的寂寞。

于是，在一个月蚀的夜晚，嫦娥又一次奔月，回了广寒宫，没有惊动任何人。

寓言与迷宫

楚人献雉

为了进一步成功,楚人又设法弄来了一只山鸡,把它的羽毛染成金黄色,然后抱到闹市口,树起醒目的广告牌:

"世界上的最后一只凤凰!"

有人出价一万金——

"不卖!"

有人出价五万金——

"不卖!"

……

最后,有人喊出了一百万金——

"不卖!"

在媒体的炒作下,楚人抱着这只身价百万金的"凤凰",献给了楚王。

他随即被任命为"皇家动物园"的园长。

宋人雕叶

有一个宋国人,用象牙雕刻树叶,雕得真假难辨,名噪一时。

一天,他对外界发布消息:要用一年的时间雕刻一种全新的树叶,只雕三十片。完工之后,他在记者的簇拥下,来到街头,当众摔碎了二十九片——余下的那一片,自然价值连城了。

这一消息轰动了整个京城,达官显贵们都争着收藏,连国王也被裹挟了进来。

齐桓公好服紫

齐桓公好穿紫色的衣服，于是，全国上下都追随着穿紫色的衣服，弄得别的颜色的衣服都卖不出去。如果长期这样下去的话，别的颜色的衣服制造商将会倒闭，进而影响到国家的经济发展。

齐桓公犯起愁来，问管仲怎么办？

管仲说："这好办，你明天穿黄色，后天穿红色，再后天……这样不就启动了市场，繁荣了经济。"

齐桓公点了点头——他毕竟是一个善于纳谏的明君。当月，服装行业的产值就翻了五番。

肉食者

国王对天下如此之多的饥民感到奇怪和震怒："他们为什么不吃猪肉呢？"

于是，他命令大臣们调集全国所有的猪肉，投放市场。但猪肉经过各级官员的层层盘剥，到达猪肉商人的摊位时，已是天价。然而，饥民们还是不得不排起了长队，并把剩余的土地乃至儿女卖掉。

因为他们已没有别的东西可吃，而国王亦明文规定：只能吃猪肉。

鲍氏之子

鲍氏之子长大后,因为口才雄辩,与时俱进,在电视辩论中大败对手,做上了哲学国的国王。

根据儿时理想,他立即颁布了第一号国王令:万物无贵无贱,皆有生存之权。人类杀猪时,不得让猪发出号叫与抗议;虎狼取家畜时,村人不得鸣锣驱赶;虫虱附体吮血时,更不得拍击致死……

第二天,民众便推翻了国王。

田夫献曝

有个饥寒交迫的农夫,偶尔休息时,晒到了一片温暖的阳光。

他很担心世上没人知道这片阳光,就想把它献给国王。但他不知道怎么才能把这片田埂上阳光献给国王,以至于愁眉不展,把地都荒了。

庄生梦蝶

终于一天，蝴蝶再也不想飞了。因为每个年代都有无数不相干的人，以完全相同的理由，钻进她的肚子，以至于她沉重得再也飞不动了。

于是，蝴蝶落下地，叫了声："我肚子疼。"并令人难堪地蹲了下来，腹泻不止。

立时，所有的人都离开了蝴蝶，并且，不再有新的追随者。

画饼充饥

从前,楚国有位落魄的画家,因为实在抵抗不了饥饿的纠缠,就在纸上画了一张又一张的饼。由于他的认真、投入,以至于真的忘却了饥饿的存在,并成了名垂千古的画饼艺术家。

但当他所画的饼堆满了房间,甚至没有立锥之地的时候,自己却在饥饿中死去。

屠门大嚼

有位同样落魄的楚国人，对画饼充饥的行为艺术很不以为然，认为缺乏生动的现场感。

当然，他也吃不起肉，但却知道肉的味道确实很鲜美。于是，他就每天早晨，对着屠夫的大门，张开大嘴，大嚼不停，直至有了饱胀的感觉。

过了一段日子，他又觉得这样的行为艺术不够文明。于是，每当有人宴请宾客，他就整顿好破旧的衣冠，坐到人家门口，摆开一双筷子，一只勺子——以至于有一天，他得意地向家人宣称，他已吃遍了天下的美味。

他终于因为过于饱胀而撑死了——那天，他遇上了位好心的东家，不忍见他坐在门口，做着大吃大喝的样子，便请他入了席……

买椟还珠

有一个楚国人,为困顿的生活所迫,决定卖掉家传的珠宝。他用上好的木料做成盒子,熏了香,还在盒子的外面镶嵌了许多闪亮的碎玉。谁知,郑国人买了他的漂亮的珠宝盒子,却还给他家传的珠宝。

受此启发,这个楚国人成批地制作了许多这样漂亮的盒子,投放市场。为了这桩生意的投资,他甚至把家传的珠宝都典当了。然而,却没有一个郑国人再来购买这些盒子,他们说,要的是"珠宝盒子"。

穷途末路的楚国人情急之下,孤注一掷,用最新的树脂技术,合成了同样多的光泽鲜艳、造型时髦的塑料珠宝,填入这些漂亮的盒子——出乎意料,市场反应出奇得好,价格步步攀升,还招来了各国的商人,为独家经营权争得头破血流。

这个楚国人很快富甲一方。

东施效颦

在经过一系列复杂的整容手术之后,东施再一次亮相,她如愿以偿地获得了一片掌声和赞美。电视、晚报,都在全天候地追踪她,不放过任何一个细节,她蹙眉捂腹的动作,已成为经典,被风情万种地嵌于《时装》杂志的各个彩页。

但东施亦不无辛酸地发现,她的众多的追随者中,求爱的人多,求婚的人却寥寥。

多言何益

听了墨子的哲学之后,蛤蟆、青蛙、苍蝇,都为自己的无知而惭愧不已,决心以公鸡为榜样。

于是,它们一整夜都在憋着气,终于等到了黎明,一同发力:

蛤蟆是民族唱法。

青蛙是美声唱法。

苍蝇是通俗唱法。

它们的和声组成了世界上最奇怪的噪音,并淹没了公鸡的啼鸣。人们都厌烦地把头蒙到被子里去了。

这个世界亦随之失去了黎明。

镜　工

从前有一个镜工，铸了一面镜子，能使所有的人在镜中的影像，与最美的男人或最美的女人一个模样。

但它遭到了那些自认为是最漂亮的男人和女人的抵制。

于是，他又铸了一面镜子，使所有人在镜中的影像，与最丑的男人或最丑的女人一个模样。

它理所当然地又遭到了那些自认为是最漂亮的男人和女人的抵制。

无奈的镜工只好把这两面镜子都打碎了，揉成一团，重新铸了一面镜子，使所有人在镜中的影像都一样平庸。

谁知，他遭到了更为广泛而强烈的抗议，因为几乎没有人认为自己的相貌是平庸的。

照镜子

从前有一个贵族,喜欢照镜子,他很自得于自己的容貌。然而,镜子照得时间长了,他渐渐发现自己的容貌有许多不如意的地方。他左照,右照,前照,后照,越照越不开心,进而认为是镜子涂改了自己的容貌。

为了证实这个疑惑,他唤来自己的老婆。

"我与城南的徐公相比,谁漂亮?"

"当然是您漂亮。"

他又唤来自己的女仆,要求她说实话。

"我与城南的徐公相比,谁漂亮?"

"当然是您漂亮。"

最后,他唤来自己的看门人,因为他的见识较广。

"我与城南的徐公相比,谁漂亮?"

"肯定是您漂亮。"

在处罚这面镜子之前,他决定亲自赶往城南,会见一下徐公,以证明自己的公正。徐公是当时著名的美男子,拥有着众多的追随者——确实如此,当徐公尊敬地向他迎来时,他立即为自己镜中的影像羞愧不已。

回到家里,他愤怒地摔碎了那面镜子,它是如此严重地涂改了自己的容貌。同时,他命令自己的家人速去购买一面真实的、使自己的容貌比徐公更为漂亮的镜子。

寓言与迷宫

长夜之饮

有一位国王与他的大臣们终日聚在深宫,高烧红烛,饮酒作乐。没日没夜的狂欢后,国王晕乎乎地问左右:"现在是什么时间?"

喝得东倒西歪的大臣应道:"长夜之饮!"

没有喝得东倒西歪的大臣亦应道:"长夜之饮!"

于是,国王坚信,"长夜之饮"才是这个国家的既定时间,而一个国家的时间是不能停止运转的,否则,将会引起世界的崩溃。他与他的大臣们有责任将这个"长夜之饮"进行下去。

于是,这个国家的时间,被国王与他的大臣们饮成了一个漫长而短暂的黑夜。

秦失吊丧

老聃死了,他的朋友秦失赶来吊丧,大哭了几声便欲离开。

老聃的一位弟子有些不满,便问道:"您不是我们老师的好朋友吗?"

秦失回道:"是的。"

"那么吊唁朋友这样简单,是否合适?"

"唔,是有些不妥——"秦失沉吟了一会儿,说道,"实际上,我应该在灵床前吹上几声风笛的。昔日,我与你们的老师在郊外的大树下相聚时,他总要请我吹上一段风笛,而他惬意地听着,在风笛与树叶的沙沙声中,倚着大树,闭着眼,似乎平静地入了睡。"

老聃的弟子若有所悟:"是的,死亡原是一种睡眠……"

秦失抚着老聃弟子的肩,继续说道:"你的老师,我的朋友,一生喜爱流水的自然，风声的简洁，对这么多复杂的哭声，是不会喜欢的。而这么多复杂的哭声，也并非全然为了你的老师，你看：那高龄的老者在悲泣，或许，他是想到了自己不久前病逝的儿子，他在悲泣自己老年的命运；你的老师的那些所谓的文友们还在哀声不已，实际上，他们全体的心中正感受着一种莫名的宽慰，你的老师的巨大的名声，已压抑了他们太久；至于那些年轻的弟子们，他们此起彼伏的哭声，同样有着复杂的因缘，更违背了他们老师的思想。他们或慑于儒家的威严，不得不作态如此。或试图以响亮的哭声，来彰显与老师的亲昵关系，作为即将来临的争位的资本。甚至不排除有些在老师面前争宠的失败者，以此时的放声大哭来作为一种宣泄。"

"难道世上就没有真诚的哭声了吗？"

"有，当然有，但那只属于相互依存的情感世界，与思想、智慧无关。过两天，我会到老友的墓前吹几声风笛的。"

无用之用

南伯子綦在商丘一带漫游，遇见一棵奇特的大树，可以让上千辆的马车，憩息在它的树荫之下。"这是一棵什么样的树呢？"他不由好奇地观察起来：弯弯曲曲的枝干，不可以用来做栋梁；树的下部到处是开裂，不可以用来做棺椁；用舌舔一下树叶，则口腔受伤溃烂；近而嗅其气味，使人若醉酒，三天三夜还醒不过来。

于是，子綦总结道："这是一棵什么用处也没有的树，才能长到这么高大。它启示我们，应该做一个超然物外的高人。"

然而，时光流到20世纪，子綦的后人却因这棵大树发了大财：弯弯曲曲的枝干，成为许多酒店或娱乐中心的装饰，以示与自然相亲，与众不同；到处是开裂的树的根部，被巧妙地加工成各种现代派雕塑，并因其材质来源古远，而价值连城；舌舔一下，便致使口腔溃烂的树叶，被科学家从中提炼出一种药剂，专攻人体内的恶性肿瘤；发出一种气味，使人嗅一下便醉寐三日的树的部位，则成为一种新型麻醉剂的来源，甚而毒品制造者亦从中嗅到了新品的机会。

这棵奇特而古老的大树，很快地被肢解消失了，但巧妙的克隆技术，使大地上随即又出现了无数葱葱郁郁的它的后裔。当然，它们再也不能生长得像它们的祖先那么高大，而是灌木丛一般地到处蔓延。

无的放矢

从前有一个弓箭手，每日持着他的弓箭，来到一处荒野，对着天空不断地射出箭矢。

路人有些不解："荒野有的是野鸡，野兔，还不时显现狐狼的身影，为什么不去瞄准它们？"

弓箭手解释道："这荒野还没有一个目标，能配得上我的弓箭，所以，我只能把弓箭瞄向天上的日月。"

路人接着问道："可你的箭矢永远无法抵达这些目标！"

弓箭手回道："没关系。只要我的箭矢指向这些目标，并且逼近了百分之一，甚或万分之一的距离，也就足够了。目标是用来给飞行的箭矢提供方向的。被射中的目标已不再是目标，而只是一种猎物——目标于射中的瞬间死去。"

寓言与迷宫

路人更糊涂了:"那要这把弓箭有何用?"

弓箭手骄傲地回道:"射箭的过程本身,就是一种无比的乐趣。愈是遥不可及的目标,愈能提供一种崇高的乐趣,并使射箭的行为显现出神圣的色彩。如果箭矢在高空的飞行中,偶然碰上了一只飞鸿,或与一粒流星撞击,那并非我的本意。当然,不排除会有人以此来论证我的超凡之处,但那与我的射击无关。"

路人嘀咕了一句"疯子",便走开了。而弓箭手仍在荒野乐此不疲地向空射着他的箭矢。

得鱼忘筌

由于种种原因,河里的鱼一天比一天少了,捕鱼人却断定是筌出了问题。于是,他不停地把筌拆散,编织,再拆散,再编织……试图编织出一只真正的完美之筌。

显然,这样的工作是不会有尽头的。鱼儿们之间传递着这一奇闻,赶集似的从别的河里游来,鱼头簇拥,与岸边苦恼的编筌人构成了一道奇景。

寓言与迷宫

飞蛾扑火

如同任何一个成语，飞蛾扑火亦隐含了多种的可能，甚而有着迥然不同的局面。

第一只飞蛾有着纤小的躯体，因为追逐光明的本能，或信念，它绕着一台烛火飞着，飞着，一头扎了进去，不再出来。自然，它的躯体也随即在烛火中燃烧起来，并使烛火更为饱满，更为明亮地闪烁了一下。有人为它叹息，有人为它写下诗篇，但很快地，世界又恢复了之前的平静。

第二只飞蛾与第一只飞蛾的体形相差无几，最初也为对光明的向往所激励。它绕着烛火飞着，飞着，选好一个角度，箭一般地冲去，由于它的一激灵，随即又从烛火的另一端穿越出来，毫发无伤。受此启发，它日后成了一个穿火杂技演员，得到了一片又一片的掌声。

  第三只飞蛾则体形硕大，像一只麻雀。毫无疑问，它对火的渴望也是真诚的。因为体形的缘故，它没有那么多精巧绕行的轨迹，也没有选什么角度，而是鲁莽地一头向烛火扑去。烛火被扑灭了，烛台被打翻了，一片狼藉。黑暗中，响起了一片对这只鲁莽的飞蛾的咒骂声。

  那么，该如何为飞蛾扑火定义呢？而第四只，第五只……飞蛾又接着飞来了。

飞鸿踏雪

有一只飞鸿,因为年岁渐长的缘故,突然怀念起自己曾在雪地留下的印记,随着时间的流逝,这种怀念愈来愈显强烈,不可遏制。现在,那些零散的爪印,在依稀的回忆中,竟变得如此充满灵感,妙不可言,甚至连留下印记的雪地、雪地边缘的河流、森林、隐隐的地平线……亦纷纷闪掠眼前,伴随着一种无法把握的怅然,惘然。然而,到哪儿去寻找呢?那些印记早已随着雪一起融化,消失得无踪无影。

亡羊补牢,犹未晚矣。当又一场大雪降临后,它及时地投身于雪地,在那素净如一张白纸的世界,或徘徊,或跳跃,或盘旋,留下鲜明的印记。然后,它从这些印记中选出有代表性的,连同印记下面的雪一同铲起,小心地收藏进一个冰窖里。当一处雪地融化后，它便纵身飞起，寻觅下一处降雪的地方。

这只飞鸿不再随大队飞行，成了鸿雁中的异类。然而，它对它的特异行为始终乐此不疲。它的休闲时间，就是依着那些冰窖里的收藏，打打瞌睡，脸上露着一种满足而平静的神情——虽然它又渐渐地不能理解它们了。

中山狼

中山狼对救了它的东郭先生说道：

"在本质上，人与狼是相通的。因此，无论是我吃了你，还是你吃了我，并无优劣之分。但现在我们所面临的局面是：我正身强力壮，如日中天，而你已步入晚年，垂垂老矣。因此，如果让我吃了你，你便可以在我的生命里更长久地延续，更有力地跳跃；而如果你吃了我，终归只是苟延残喘，亦断送了自己的生命继续辉煌的可能。我想，这个答案你是不会算错的。"

东郭先生气得说不出话来，只是围着毛驴团团乱躲。至于结局，众所周知，一位过路的老人，帮助东郭先生把狼骗进口袋，举起锄头：

"禽兽负恩如是，而犹不忍杀，子固仁者，然愚亦甚矣。"

但他的哲学，东郭先生和正咽着气的狼都不太服气。

高山流水

因为生活困窘,伯牙被迫到街头卖艺。

他弹了一曲《高山》——

无人喝彩。

他又弹了一曲《流水》——

仍无人喝彩。

围观的人群三三两两地离去。伯牙长叹一声,收起琴,并怀念起钟子期。

第二天,当地的一家晚报刊发出一篇《穷途末路》的文章,以不容置疑的权威口吻评论道:

"必须把《高山流水》这样的小圈子音乐,立即从音乐史中剔除。它不符合大众的审美要求,更不符合市场的运作规律,是一首彻头彻尾的反民主作品。能从这首作品中得到满足的，只是几个疯疯癫癫的怪人，他们神情犹疑，举止失措，属于这个社会多余的人。他们正和《高山流水》这首怪胎一道，损害着我们社会强健的肌体，并试图使之最终倒闭——因为它鼓励的是出世，是逃避，是不负责任。如果还让这样的作品出现在街头，那就是我们的不负责任，是J市的耻辱。我以3D+4B流行乐队董事长的身份呼吁……"

这篇评论文章的作者署名：钟子期。

雪夜访戴

王子猷居山阴时，一次夜雪，将他从梦中唤醒。他打开窗户，四下望去，天地一片素白，不由负手徘徊，吟诵起左思的"招隐诗"，并想起隐居的好友戴逵。当时，戴逵远在剡溪，他便即刻发小舟前往，经一夜时间才到。到了戴逵门前，却又转身返回。人问何故，他回道："吾本乘兴而来，兴尽而返，何必见戴。"

这一轶事，淋漓地呈现了魏晋名士潇洒不羁的风度，为后世津津乐道。然仔细品来，"乘兴而来"的"兴"，与"兴尽而返"的"兴"，并非全然重叠，而是有着微妙的差异，王子猷将之不求甚解地混为一谈，或许在"雪夜访戴"的后面，还隐藏了一些什么：

其一，因为久居山阴的寂寞，王子猷很想放纵一下自己的感觉，尤其这样一个美丽的雪夜，天地一片澄澈，孤舟沿一条小河蜿蜓前行，其感觉更是妙不可言。拜访好友戴逵只是一个出行的借口，"兴尽而返"也就很自然了。

其二，雪夜访戴，只是王子猷的无数个即兴而为的行为艺术中的一个，以显示卓尔不群的名士姿态，它本来就没有目的，或行为艺术的过程即为其目的。而如果真要见戴逵，话一段友情，则反而显画蛇添足了，因此必须"兴尽而返"。

其三，雪夜登舟时，王子猷本携了欲与戴逵讨论的话题，然而经过一夜的跋涉，疲惫不堪的王子猷不幸遗忘了要讨论的话题，或要讨论的话题，经过一夜的自我辨析，已获得了满意的答案，于是宣布"兴尽而返"。

最后，或许还有这样一种不太潇洒的可能，本来，王子猷确实是想雪夜访戴，以呈示一段不凡的友谊。然而，由于两岸雪景的陶醉，立于船头的王子猷不慎中了风寒，待到了剡溪时，已是咳嗽连连，涕泗横流，为了不影响自己经年营造的名士风度，只得宣布"兴尽而返"。

刘晨阮肇

这是又一则关于人们所向往的仙境的悖论。刘晨阮肇入天台山迷路,偶得仙境,仙境中有二女子,"如似有旧",邀疲惫不堪的他们入住下来,"酒酣作乐",共度良宵美景。然而,仙境的时间再美好,也不是他们过去时间的延续,而始终有着一种疏离。他们并未如尘世中人所想象中的那样,乐不思蜀,才居十日,便"欲求还去",但禁不住两位仙女的倾情挽留,又坚持了半年,坚决辞归下山,试图返回属于他们的人间时间。

然而,仙界一日,人间百年,由于刘晨阮肇在仙境的逗留,人间的时间也不再属于他们了。他们所面临的,是"亲旧零落,邑屋改异,无复相识",人间的时间,已属于他们的"七世孙"。他们的出现,不仅未能给他们的后世带来快乐,而且更造成了既有秩序的混乱，尴尬。因此，他们悲凉的结局只能是"忽复去，不知何所"。

这结局的"不知何所"，显然意味深长，仙境的时间，人间的时间，都已不再属于他们，他们能往哪儿去？《幽明录》的作者想象不出来，后世的读者也至今未寻到一个妥帖的位置。

谈　生

　　《列异传》中记载了这样一个故事：有一位书生，名谈生，经常阅读《诗经》，为其中的爱情所感动。然而，他自己已年届四十，仍是孤单一人。这一天，谈生又阅读到了半夜，眼前恍惚出现一位十五六的女子，姿颜服饰，天下无双，愿意做他的妇人，并关照说："我与常人不同，不要以烛火照我。要等到三年之后，我才可以完全现身。"沉溺于《诗经》的谈生没有犹豫，接受了这一奇异情缘，与女子做起了夜间夫妻，白天仍和往常一样，孤单一人。这般不可思议地生活了两年，女子还为谈生生了一个儿子。然而，渐渐地有了一些现实感的谈生，终于忍受不住了，一天夜里，待女子枕边入睡后，好奇地取烛火照之，只见腰部以上为人身，而腰部以下是枯骨。女子惊觉后，责备谈生没能守住三年之约，破坏了她还有一年就复生的命运。然后，女子垂泪别离了谈生和他们的儿子，消隐于黑暗之中。

这一寓言故事，揭示了男性不愿意遵守既定命运的天性。按照理想中的逻辑，如果谈生遵守了命运的安排，再熬上一年时间，那么，他就可以过上正常而顺当的生活，将《诗经》丢在一边，夫唱妇随，升官或发财，总之，是一个圆满的结局，读者们也会得到某种满足。然而，事情真的如此简单吗？这世上亦确实有一些违心地遵守了命运安排的男人，你问问他们，得到了什么？他们准是茫然地摇头。世界变幻无常，生命如此复杂，所谓人生，不过是与无数偶然的撞击而形成的轨迹。现在，我们不妨承认谈生终于完成了三年期的约定，在此基础上，来探索一下他新的可能的命运：

一种命运是，等到三年期满的时候，谈生已习惯了这种白天捧读《诗经》，晚上与佳人相伴的生活，已没有了求新求变的欲望，任何的改变，都将使他感到不适、晕眩。因此，本来白天惬意的孤单生活中，突然多了一个爱唠叨缠人的女人，令他感到厌烦不堪。习惯了黑暗中的抚摸，做爱，突然变成了烛光中一个的陌生肉体，或让他惊骇之下，失去了性的冲动，而从此仰卧于长夜的失眠之中。

另一种命运则更为糟糕，三年之后，度入平常、平庸生活的谈生，不由对之前的那诡异的生活疑惑起来，认为可能是精神错乱中的幻觉，并进而怀疑起当下平常、平庸的生活，也可能是一种不真实的谎言。而烛光下终于可以坦视的妻子的身躯，原是睢阳王的女儿墓中的复活,这一遮障了三年的迷雾的揭晓,更使平庸的谈生陷入惶恐不安。所以,虽然他的豪宅宽大无比,珠光闪烁,他却始终疑惑自己生活在墓穴之中,而美丽的妻子是即将掏走他魂魄的女鬼。终于一天,他发了疯病,弃家不知所去。

当然,谈生的命运应远不止以上的探索,而是充满了无数的可能,每个读者都可以为谈生设计出一种命运,并且都是可能的。

休戚相关

从前，在一座深山里，隐居着一位诗人，一座简单的茅屋，四面的窗户终日敞着。他向来访的诗友解释说：窗户外的一草一木，一虫一兽，都会与他的身体的某个部位发生神奇的应和。如果关上一扇窗户，他马上便会觉得身体的某处暗淡下去，气滞血瘀，甚至痛楚难忍。

比如，当他端坐屋内，苦吟一首诗时，突然，膝关节处抽痛了一下，那么，有可能是一棵相邻的老树倒伏了下去；有时，他无端地怅然泪下，而笔下精彩的诗句纷沓而来，则可能是因为一阵风过，引得不远处的一串落红纷纷扬扬；至于他每隔一段时间，便神经质地挥舞长袖，破门而出，则往往会遇到一只吃醉了山果的猿猴，对着池塘的倒影乱舞不已。总之，这位诗人只要感到自己有莫名的愉悦或不适，便到茅屋的周围寻找缘由，并以此打发寂寞的光阴。

在与周遭万物的感应中，隐逸的诗人慢慢地老去，并最终溶入了这片摇曳的绿色世界。

时间到了 21 世纪，不可避免的一天，人类机器的轰鸣声包围了这片诗人的隐居地。然而，出乎意料的是，所向无敌的轰鸣声却被迫停了下来，因为当人类的电锯割向一棵树，乃至碰断一片草叶时，切口处便会有鲜血流出，而握电锯者会同时感到自己躯体的某个部位生发剧烈疼痛。并且，不断地有人汇报，在寂静的夜晚，时而能听到诗人的吟诵，如瑟瑟风声一般，在无数的树叶草叶间回应。而倾听者不觉神经亦瑟瑟战栗起来，若有电流掠过。

这片孤独而神秘的属于诗和诗人的世界，就这般幸存下来。或许，只要人类的世界中，还有一人愿意聆听并应和那些如微风吹拂的诗句，它就有继续存在下去的理由。

愚人失袋

自愚人丢失了皮袋，及袋子里的钱物，被世人大大地嘲笑了一番之后，愚人不禁陷入了痴想：

世人有什么资格嘲笑我？难道有这样一个袋子，可以被人总是死死地捂住，小偷无法偷走吗？具有讽刺意味的是，装载财物的袋子，你越是看重，越是引人注目，防不胜防，最终仍是被各式各样的小偷——包括病魔死亡偷窃一空。人的所有的袋子，最终都是空的。

如果把袋子挂在人体内呢？然而，装满财物的袋子，宿命地只能属于体外。当然，在某种意义上，人体内也确实存在一些袋子，尽管不装财物，如胃、肾、子宫……然而，同样靠不住，它们的小偷，行为也更加诡秘。或许，心灵，心灵的袋子，它的收藏可以更为永久一些，因为人类至今搞不清，它的泄漏口在具体什么位置，小偷们自然也就无从下手。然而，这袋子里的爱恨情仇，却总在幻灭不定，以至于无法说清这个袋子里，究竟拥有了些什么，这与失窃简直没有区别。更令人郁闷的是，这心灵的袋子并不总有充实感，有时竟一片空茫，没人能弄明白，究竟是谁偷窃了它？从何处失窃的？

既然在永恒面前，并不存在这样一个能保证永不失窃的口袋，谁又有资格嘲笑谁呢！

寓言与迷宫

涉海凿河

涉海凿河，曾被古人看作一种违反自然意志的愚行，而遭到嘲讽。然而，随着时间的推移，它开始发生微妙的蜕变，尤其到了今天，其本身所具有的超现实色彩，与现代人的荒诞的意识发生了某种合拍，而被赋予了形而上的寓意，进入精卫填海、夸父逐日的行列。

茫茫无涯的海上，一位孤独者目光坚定，不停地以手掌，或凿子，或其他远古工具，击向海水，试图开掘出一条属于自己的河道。然而，火焰般的水花飞溅之后，刚刚开拓的空间，海水又瞬息涌回，抹平了一切。但孤独者并没有灰心，继续挥臂向前开凿——而前后仍是茫茫如初的大海。

或许，敏感的读者已从这幕场景中，读出了孤独的人类，及每个个体生命，在茫茫宇宙中存在的象征意味。是的，存在主义哲学对这幕场景自然会感到亲切，西西弗斯滚石与涉海凿河堪称姻亲。然而，涉海凿河毕竟来自东方，其本身所具有的超然色彩，神秘色彩，显然有着新的阐述空间。

首先，我们需抛弃功利主义者的眼光，还要刷新对河流的认识，河流的本质与时间一般，是一种瞬间的不断的延伸，而非一条凝固的河道。现在，我们再把视线投向那位茫茫大海上的孤独者，他的每一挥臂凿河，都溅起一朵水花，这朵水花刚刚熄灭，另一朵水花又随即燃起……就这样，不断闪烁的水花，随着孤独者挥臂开拓的身影前行着，延伸着，从而构成了一种真正神奇的流动。

是的，每一个真正的生命，都是瞬息燃烧的延伸，前方，是茫然的未知，身后，是烟水的虚无，只有这一个涉海凿河的身影，在固执地前行着——这是一条生命的宿命之河，它的流动本身就是它的终极。

永　恒

有两个人在路边讨论着永恒。

一个说："永恒存在于石头的静默之中。"

一个说："永恒存在于水的流动之中。"

争执不下之际，走来一位须发幡然的禅师。他们便请这位禅师评判，并且都充分地阐述了各自的理由。

禅师闭目静坐了一会儿，然后说道："永恒存在于石头的流动和流水的静止之中。"

两个争辩的人谢别了禅师，但又觉得禅师的话在逻辑上实在难以理解，便商量着再去邻村讨教一位有名的诗人。

"从逻辑上讲，"诗人解析道，"石头与流动，流水与静止，显然是两个对立的概念。而禅师将它们缀于一句之中，那么，这个句子就必然由于两个反向之力的碰撞，击出一道裂缝。这道裂缝，便是永恒居住的地方。当然，这道裂缝在真实的石头与流水之中绝无可能存在，它只能存在于禅师的这句有着激烈词语碰撞的语言之中——简而言之，世上并无永恒，永恒只能寄存于语言之中。"

两个茫然的人谢别了诗人，从此不再谈论永恒。

边　缘

有一位哲学家，被关于宇宙边缘的问题折磨得痛苦不堪，他无论如何推理，总不能到达那个所在。眼看他的哲学大厦将发生动摇，便屈尊去讨教一位有名的禅师。

禅师正盘坐在一块石头上，双目微闭，只见他用手臂在空中搅了一下：

"就在你眼前飞舞的一粒尘埃里。"

哲学家愣了一下，然后，若有所悟地走了。

一条想搬迁的路

有一条路，对自己长年累月地躺在一片荒原上感到很委屈，便请工程师把自己搬迁到一处有山有水的地方。

工程师量了量这条路的宽度，快速记录下：1米。

然而，当他试图测量这条路的深度时，却束手了——

于是，这条路只好继续委屈地躺在那里。

寓言与迷宫

一条想搬迁的河

一条河听了路的遭遇，哈哈大笑：我有明确的宽度和深度，现在该轮到我了。

于是，它请工程师把自己搬迁到远处的一个村边，美丽的牧羊女和她的羊群一直使它魂系梦萦。

工程师挠了挠头，感到问题更加严重，便小心地建议道："这样吧，我从你的源头再挖掘一条河，流经那座村庄……"

"不行，不行，"这条河连声嚷嚷，"这简直是对我的谋杀。那条河的尺寸怎么可能与我一模一样？它怎么能够代表我？"

"要不，我们再灵活一下思路，"工程师建议道，"我就从你的能表达爱意的部位，掘一条河，直达那座村庄，既达到了目的，亦省却了搬迁之苦。"

"你说,一个人的假肢能感觉到搂抱爱人的幸福吗?"

工程师想了想,也有道理,便连夜在河边建了一座茅屋,花钱雇了牧羊女和她的羊群过来居住三天——而他拿到河的更多佣金后,随即消失了。

这条河第二天醒来后,愉快地接受了这一切。但三天牧歌式的幸福之后,牧羊女又搬迁走了她的世界,遗下这条河的孤独。

这条河又陷入无法自拔的痛苦,除了那座茅屋,世界已变得如此陌生——它甚至不知道自己被命运搬迁到了什么地方。

它再也不想流动,终日苦苦思索着自己在世界,及那座空空的茅屋边缘的位置,直至许多年后,被周遭的沙漠吞噬。

最后一粒萤火

终于,除了这粒可怜的萤火,所有的萤火都在寒风中死去了。它如此微弱,孤独,在绝望中想着:

"我也很快会被冻死的,那么,今天晚上还发不发光呢?"

"当然,我不发光,世界也照样会在黑暗中延续下去。"这粒萤火瑟缩着,自言自语道,"但是,发一点光对于我来说,也并非是件为难的事。如果我今晚继续发光,世界就继续拥有着一个有萤火的夜晚———一个诗意的夜晚。尽管对于黑暗来说,这是微不足道的。"

"或许,会有一个孩子记得我的——"这粒萤火继续痴想着。

后来,这个孩子成了一名诗人,他在一首诗中写道:"最后的一粒萤火／点亮了最后的一个夜晚／而这个夜晚／驱逐了无数夜晚的黑暗……"

一片羽毛

一片洁白的羽毛,在一派喧嚣的市场上空浮动着,忙乱的人们谁也没有注意它,它随时会零落,在泥淖中腐烂。只有一位流浪的诗人偶然遇见它,为它写下悲伤的诗篇。

后来,突然一阵飓风,把这片羽毛吹到了一座雪山的上空。正在这里露营的一群旅行者,顿时欢呼起来,把它看作某种天使的启示。

投 篮

一位篮球运动员遇见一位正在写作的诗人,非常羡慕文字的坚定。他抱怨道:

"往往是,仅隔了两秒时间,我投篮的手就使不出相等的力道,方位也有了微妙差别。我努力地统一自己,但与先前的我总是貌合神离。"

诗人回答道:"现在,我的诗写到这儿,刚过了两秒时间,甚至我握着的球,亦已不是先前的那只。"

战士　苍蝇　批评家

有缺点的战士仍是战士，再完美的苍蝇也终是只苍蝇——鲁迅如是说。

"苍蝇怎么了，苍蝇就没有生存权吗？"苍蝇哼哼着，在战士的伤口驻扎下来——毕竟战士的伤口哺育了苍蝇。

就在苍蝇兴奋地舔着血，并考虑如何繁衍子孙的时候，批评家赶来了，一拍子打死了苍蝇。于是，批评家把这只苍蝇悬在重伤卧地的战士上空，宣称是他拯救了战士，亦拯救了世界。

批评家踌躇满志着，试图为世界建立新的规则。他毫不犹豫地将王冠套向自己的头顶。而战士实在忍不住了，从伤口中爬起来，向批评家举起了剑——

寓言与迷宫

当战士再一次倒下的时候,身上已遭受了更多的创伤,引来了更多的苍蝇,后面自然亦随着更多的批评家……

世界就这样荒谬地循环下去。

轮　回

秋风来了。

树木瑟瑟，纷纷怒斥秋风是大自然的破坏者，是凶手。

然而，秋风不为所动，依旧操着那把冰凉的弯刀。

树木无奈地萎黄，凋零。落叶在泥土上滚爬，腐烂。

光秃秃的树干们忍无可忍，把秋风告上了冬天法庭，要求严惩凶手。

披着白色长袍的法官认为诉状很有道理，对树木光秃秃的现状也深表同情。但现在的问题是，找不到凶手了，秋风隐匿不见了，无人能出面赔偿损失。

于是，光秃秃的树干们认为冬天是同谋，同是冷酷的凶手。它们是有道理的。它们不时地寒风中怒吼着，举着瘦骨嶙峋的拳头。

终于，春天来了，冬天逊位。

树木复又翩翩，认为这是正义的最终胜利。它们已忘了凶手，亦忘了春是冬的儿子。

无限的人

一天,一位哲学家转悠到一个卖面条的店铺前,突发灵感。

"如果能给我这样一台摇面机,齿缝无限小,我就能把桌上的这团面摇成一根无限长的面条。"他怕卖面条的人听不懂,又补充道,"就是说,这根面条能够绕地球无数圈。"

"那么,要吃下这根面条,也要绕着地球跑无数圈了?"

"是的。所以这根面条是专卖给哲学家吃的。"

卖面条的人有些糊涂了,不解地问道:

"但桌上的这团面摇成的这根无限长的面条能下在一口锅里吗?"

"应该可以吧。"

"这么说,我就可以一口把这根无限长的面条吞了——我居然是一个无限的人了！"卖面条的人兴奋地拍着手上和身上的白粉，不顾一旁目瞪口呆的哲学家，对着大街上连声嚷嚷：

"我是一个无限的人了！"

坐　标

有一个坐标，它想弄清楚自己的箭头所指的具体位置究竟在哪里。于是，它沿着箭头所指的方向，延伸了几乎无限的距离，使用了几乎无限的岁月，但仍没有寻到那个具体位置。

"既然不存在那个具体位置，我的箭头还指向它，岂不是太虚无，太没有意义了吗？"这个坐标终于泄了气，像气球一样地瘪了回去，一直缩到零的位置。

它成了白纸上的一个莫名的点，什么也不是了。

闻一知十

（一阵瑟瑟凉风掠过，树荫间旋坠下一片黄叶。）

诗人：唉！我又嗅到秋的气息了。

哲学家：树叶的落地，与苹果的落地，虽时间不同，而本质是一样的。

科学家：该如何在万有引力与倏忽幻变的风之间建立起一种公式，计算出树叶坠地的时间。

神秘主义者：命运又发出了什么信号，借喻了这片偶然的落叶。

老人：不久，我也该落地了。

女性：快拿镜子来。

孩童：谁家的降落伞在空中嬉戏？

高楼白领：什么东西落下去了？哈——（舒了个长长的哈欠。）

瘦弱者：我得赶紧添一件衣服。

农人：准备好篮子，到果园去。

敞　亮

一位影子研究专家发现，自己的体内亦充塞着重重叠叠的影子，或者说，在某种意义上，自己的躯体就是一具皮囊包裹着的影子。

这使他非常忧虑，他的研究成果尚不足以标明影子与黑暗的界限。而一具包裹着如此浓密黑暗的躯体，对于一位以追求真理为己任的学者来说，无疑是不能接受的。

"如果在体内燃一支烛光，"于是，他这样推想，"那么，躯体或许就会像灯笼一般敞亮起来。"他感到有些激动。

但他的推想随即遇到了障碍，因为，"心脏，肺，肝……乃至每一截骨头的内部，都必须点入一支烛火，才能使躯体真正地敞亮起来——而这样的工程量也似乎太大了。"

"即使完成了这一烦琐无比的工程,"他继续推想,"那么,在一具水晶般敞亮的躯体中,那些寄生的虫卵,奇形怪状的细菌,将会无比清晰地呈现于聚光灯下,而这,对于先前的所有努力,无疑是一个莫大的嘲讽。"

"因此,也必须有无数支烛火,将这些虫卵、细菌的内部点亮。"他有些泄气地想着,"而且,这一步还必须先行。"

"但是……"他终于疲惫不堪地搂着自己的影子入了睡。

圈　子

有一条路，拼命地躲闪着与别的路交汇。结果，它只是绕了一个圈子。